「私、あなたを
ひとりぼっちになんか
しないわよ」
「私の大切なツガイ」

Contents

スープの森

～動物と会話するオリビアと元傭兵アーサーの物語～

2

守雨

Illustration むに

1　アーサーの故郷

アーサーの生まれ故郷は湖のある田舎町《いなかまち》だった。

『スープの森』から馬車で片道四日かけアーサーの実家に到着した。人が住んでいない建物は傷むのが早い。家はひどく傷んでいた。

平家の小さな家は屋根に大きな穴が開き、家の中には草が育っている。屋根の穴から入る光と雨で育ったのだろう。

「十四年ぶりだ。こうして見ると小さい家だったんだな。せっかく来てくれたのにこんな有様で、なんだか悪いな、オリビア」

「ううん」

蝶番《ちょうつがい》が壊れてドアが傾《かたむ》いている玄関から中を覗《のぞ》き、アーサーがつぶやく。オリビアの返事が短いので振り返ると、彼女は目を閉じて両手を胸に当てて祈っていた。

「ありがとう。両親と妹はこっちだよ」

「子どもの頃のあなたを守ってくれたこの家にもお礼が言いたくて」

(俺はいい人と結婚できた)

しみじみそう思う。貴族の出身なのに平民として生き、こんな貧しい廃屋にさえ感謝の祈りを捧《ささ》げる妻。アーサーの目には彼女の姿がとても優しく見える。

二人で森へと進み、雑草と低木が生える場所に出た。

「ここだよ。この三本の木が墓石代わりなんだ。家族を獣《けもの》に荒らされないよう、深く掘って埋葬してから植えたんだ。俺が来ない間にすっかり成長している」

そこには三本のグミの木が育っていた。アーサーは木に近寄り、一本ずつ手で触れながら説明してくれる。

「これが父親の木、これは母親、そしてこっちが妹の木だ。ちゃんとした墓石を買う金もなくて、どこかから大きな石を運ぶ力もなかったからね。だから目印に、森からグミの小さな苗を引っこ抜いて植えたんだ。実がつけば小鳥がたくさん来る。俺がいなくても少しは気が紛《まぎ》れていいだろうって……」

「十四歳のあなたの優しい気持ち、きっと届いているわね」

アーサーは三本の木に向かって目を閉じていた。

(ただいま。俺の妻を連れてきたよ。とても優しくて働き者のいい妻だ。俺は元気に暮らしているよ。俺、ずっと帰ってこられなかったね。ごめんな。でも、やっと帰ってくる勇気が出たんだ。オリビアのおかげだよ)

オリビアもアーサーの隣で祈る。

（こんにちは。オリビアです。アーサーと結婚しました。優しくて強くて素敵なアーサーを、必ず大切にします。だから安心してください）

互いに祈り、顔を上げて相手を見て微笑《ほほえ》む。

「馬たちに水を飲ませたいから、こっちに連れていこう。小川があるんだ」

「借りてきた馬が大人しい働き者でよかったわ。あなたのアニーとも上手《うま》くやっているし」

「そうだな。いがみ合うことがなくて助かったよ」

二人はどちらからともなく手を繋《つな》ぎ、小川へと向かう。水のにおいを嗅《か》ぎつけた馬たちの足取りが軽い。小川は細く穏やかで、馬たちは嬉《うれ》しそうに水を飲む。

『水！　うまい！』『冷たい　水！』

馬たちはだいぶ喉《のど》が渇《かわ》いていたようだ。

「この川があるからあの場所に家を建てたって父さんが言ってた。井戸は日照《ひで》りの夏に涸《か》れることがあるけど、川はまず干上《ひあ》がらないからって」

「綺麗《きれい》な川ね。子供が遊ぶにもちょうどいい感じ」

「小魚を捕まえるのは楽しかったよ。妹と二人で網《あみ》で捕まえるんだ。母さんが料理して食卓に出してくれたなぁ」

「あなたから聞く家族のお話は、どれも胸を打つわ。仲のいい家族だったのね」

「今思い返すとそうだね。当時はなんとも思わなかったけど」


たっぷり水を飲んだ馬たちを連れて、今度はアーサーが泳ぎを覚えたという湖に向かった。

到着した湖は大きく、中央部分で漁をしている小舟がちらほら見える。

ふと気づくとロブがいなかった。

「ロブ！　ロブ？　いやだわ、いつの間にかいなくなってる。ウサギでも見つけたのかしら」

オリビアがピュウッと指笛を鳴らしてロブを待つ。

しばらくしてガサガサと音を立ててロブが帰ってきた。そしてその後ろから現れたのが……

「ええっ！　あなたここまで来ていたの？」

「うわ、でかい鹿《しか》だな。本当に金色だ」

「てっきりマーレイ領の隣の領地にいるんだと思ってたのに。いったいどうして」

金色の鹿がゆったりと森の奥から姿を現した。とは言っても森の境界線からは出てこない。

人の目を用心しているのと、アーサーが一緒にいるからだろうか。

『元気か？』

「ええ。私は元気よ。こんな遠くまで移動してたのね」

『人間　多い』

鹿の記憶が流れてきた。どうやら隣の領地でも猟師に追いかけられたらしい。

金色の鹿の後ろには四頭のメスの鹿がひっそりと佇《たたず》んでこちらを見ていた。

「あの、後ろにいるのはあなたの奥さん？」

『そうだ　その人間　オス』

「あ、うん。この人は私の夫。結婚したの」

金色の鹿は赤みを帯びた目でアーサーをじっと見る。

『ツガイか』

「ええ。そうよ。互いに心が読めるの」

『本物　ツガイ』

「ええ。たぶん」

アーサーはオリビアの言葉からオリビアと金色の鹿の会話を推測して聞いていた。オリビアがまるで人と会話しているかのように鹿と話しているが、鹿の言葉は聞こえないのだ。

『元気で　子を産む』

「ええ。そのうちね。ありがとう」

金色の鹿は待っているメスたちのほうへと向きを変え、振り返ることなく森の奥へと消えていった。

「あっさりしてるんだね」

「ええ。執着《しゅうちゃく》していたのは私のほうだけだから」

「本当に君は気が済んだの？　俺なら待ってるのに」

「ええ。気が済んだわ。あの鹿が生きていたことを確かめられただけで十分。会えてよかった」

「そのうちって言ってたけど、なんのこと？」

「ああ、いいの。そのうち話すと思うけど」

少し赤くなったオリビアにアーサーはそれ以上のことを質問せず、二人は今夜の宿を目指した。

オリビアは「乗ってきた馬車で寝泊まりしてもいい」と言ったが、ここに来る道中もアーサーはずっと宿に泊まることにこだわった。

「こんなときくらい贅沢《ぜいたく》をしようよ。俺がそうしたいんだ。清潔なシーツとのびのび手足を伸ばして眠れる旅がいい。俺の奥さんには、そうしてほしいんだ」


その宿の一階の食堂で食事をしているときのことだ。

オリビアが会話の中で何気なくアーサーの名前を呼んだとき、隣の席の男性が一瞬動きを止めてこちらを見た。

驚いたような表情でこちらに向けられる視線。オリビアが不審に思っていると、男性はついに我慢できなくなったらしく、声をかけてきた。

「アーサー？　アーサーじゃないか？」

「はい、そうですが、あなたは」

「君のお父さんの友人のカールだよ。覚えてないか。ずいぶん前に会ったきりだからなぁ。だがすぐにわかったよ。君はお父さんによく似ている」

「似てますか。嬉しいな。実は結婚休暇で実家まで妻を連れてきたんですよ」

「結婚したのか。おめでとう！」

そこからアーサーとカールの会話が続き、オリビアはにこにこしながら話を聞いていた。

だが途中で、その表情が凍りつく。

「もうすぐここで王家主催の狩りが行われるんだよ」

「王家主催の狩りですか？」

「ああ。実は最近、この近くの森で金色の鹿が目撃されてね。ここの領主様がお城で働いている親戚《しんせき》に知らせたらしい。そこから話がとんとん拍子に決まったのさ。今、この領地はその話題で持ちきりだ」

「そうですか」

アーサーはオリビアに配慮し、適当なところで話を切り上げて自分たちの部屋へと引きあげた。

「どうしようアーサー。王家主催の狩りだなんて。猟犬は優秀だし参加する貴族や猟師だって、きっと腕がある人ばかりだわ」

「知らせに行くか？」

「行く！　一刻も早く知らせなきゃ」

「よし、じゃあ明日の朝、日の出前に宿を出よう」

2　声を出さない大声

翌朝、オリビアとアーサーは日の出前に起きた。

身支度をして静かに一階に下りる。朝食付きの宿なので、もう従業員は起きていた。

「おはようございます。お客様、ずいぶんお早いですね」

「ええ、俺たち、早く出る用事があるんです」

「あのっ」

オリビアが、思わずといったふうに従業員に話しかけた。

「この辺りで王家の狩りが行われるとか？」

「そうなんです。金色の鹿が目撃されたんですよ！　幸運をもたらす鹿じゃないかって誰《だれ》が言うともなく噂《うわさ》が広まりまして。ついに陛下のお耳にも入ったそうです」

「陛下がここにいらっしゃるのですか？」

「まさか。陛下のご命令で猟師たちが来るそうですよ」

「それはいつかわかりますか？」

「さあ。今日か明日じゃないかってことくらいしか」

「そうですか。ありがとうございました」

「お客様、朝食はどうなさいますか」

「ごめんなさい、少々急ぎますので」

会話を終えるのを待っていたアーサーが、オリビアに寄り添い、小声で話しかけた。

「あまり時間がなさそうだね」

「ええ。でも大丈夫。私に考えがあるわ」

宿の建物から出ると、宿には入れないロブが馬車の下で寝ていた。あくびをし、前肢《まえあし》と後ろ肢を『ん～』と伸ばしながら馬車の下から出てきたロブは、オリビアを見上げて『ごはん？ごはんは？』と心配そうに聞いてくる。

「朝ごはんは森に行ってからね」

『わかった！　ごはん～ごはん～ごはん～』

ロブはいつも陽気だ。

人間なら鼻歌でも歌いそうな上機嫌で馬車に乗り込み、床に座っている。

マーレイ領から乗ってきた貸し馬車に乗り、二人と一匹は森へと急ぐ。アーサーが御者席《ぎょしゃせき》から話しかけてきたので、オリビアは御者席の後ろの席に移動して、小窓を開けた。

「なあに？　何か言った？」

「ああ。国王陛下のために金色の鹿の毛皮を手に入れるなら、毛皮に傷はつけないような気がするんだ。銃や弓矢は使わないんじゃないかな」

「あぁ、なるほど。じゃあ、どうするのかしら」

「以前、貴族のお供で狩りの護衛をしたとき、熊《くま》の毛皮を欲しがっていた貴族は毒と罠《わな》を多用していたな。熊には食べ物に毒を仕込んでいたが、鹿はそれが使えないだろうから、罠を使うかもしれないぞ」

「そうかもしれないわね」

「君はどうするつもりなの？」

「鹿は巣穴を持たないから、自由に逃げられるはず。他の鹿の縄張《なわば》りを侵《おか》すことになるけど、あの鹿はそれには慣れているだろうから心配ないわ。あの鹿に、他の土地へ移動するように伝えてみるつもりよ」

馬車を操《あやつ》っているアーサーは、そう言われてもオリビアがどうするつもりなのか想像がつかない。

「ま、お手並み拝見ということか。それも楽しみだな」

小声でそうつぶやくと、視線を前方に向けた。

しばらく移動して馬車は湖の近くまで来た。

「ここでいいのかい？」

「ええ。ありがとう、アーサー。じゃあ、今から声を出さずに大声を出すけど、驚かないでね」

「ああ、うん」

（声を出さない大声って、いったいどうやるんだ？）

アーサーは怪訝《けげん》に思いながらも口を挟まずにオリビアの様子を見守った。オリビアは湖を背に立った。森のほうに身体を向けて目を閉じ、両手を胸の前で組み合わせて祈るような形にした。

しばらくそのままだったが、突然アーサーの心に強い衝撃が来た。

『猟師が来る！　金色の鹿の毛皮を狙《ねら》ってる！　逃げて！　逃げて！　遠くまで逃げて！』

森中から鳥が一斉に飛び立った。

同時に様々な野鳥の叫び声が森に響き、アーサーは思わずビクッと動いた。

頭の中に突如響いた声は大きく強く、（確かにこれは声のない大声だ）と少し息を乱してオリビアを見る。オリビアは目を閉じたままだ。

今も繰り返し何度も『逃げて！　猟師が来る！』と声を出さずに強く叫んでいる。

森の中では大移動が起きていた。

狼《おおかみ》の親たちは自分と同じくらいの大きさに育った子供たちを引き連れて、オリビアの心の叫びから遠ざかるために移動を開始した。

熊はオスもメスも走り出した。その巨体に似合わぬ素早い動きは、他の獣たちを刺激した。

巣穴を持つ獣も持たない獣も、慌ててオリビアの心の叫び声から離れようとして北へ向かって動き出した。キツネの隣をウサギが走り、茶色の鹿の群れは軽やかに跳《と》びながら移動する。

金色の鹿もオリビアの叫びを聞いて、優美な長い首を伸ばした。頭を少し傾け、少しの間考え込んでいたが、不安そうなメス鹿たちを振り返るとひと声「キエェェッ」と高く鳴いた。

そして他の獣たちとは違って、西の方向に移動し始めた。

金色の鹿は長生きをしている。

人間にも散々追いかけられてきた。人間が街からやってくることも、獣の足跡《あしあと》を追跡することも、犬たちがにおいを嗅いで追いかけてくることも知っていた。

だから鹿はたくさんの獣が逃げた北へは行かず、街のある東に背を向けて西へと進んだ。


やがて大きな川にぶつかった。

川の流れは速いが金色の鹿はためらわなかった。ここを渡れば犬の追跡から逃れられることを知っていた。

金色の鹿を先頭に、後ろに四頭のメスが続く。五頭の鹿は朝日を浴びながら川を渡り始めた。

金色の鹿は自分よりもずっと小柄なメスたちが深みにはまって流されないよう、慎重に川底を見極めながら進む。

全部のメスが川を渡り切り岸に着くと、石の河原を上流に向かって歩き始めた。石だらけの河原なら、足跡は残らない。

「アーサー、あなたのご家族に挨拶《あいさつ》をしたら、懐《なつ》かしの我が家に帰りましょう？」

「もういいのか？」

「ええ。あの鹿は賢《かしこ》いから、今頃は安全な場所を目指して移動しているはずよ。ロブ、少しなら水遊びをしてもいいわよ」

『ごはんは？　ごはんはまだ？』

「あっ、ごめんね。忘れていたわ。あなたのために宿の人から茹《ゆ》でた肉とパンを分けてもらっているの。さあ、木皿に入れてあげるわね」

ロブはバクバクと朝食を食べる。ほんの二十秒ほどで朝食を完食すると、湖の水をゴクゴク飲んで自分から馬車へと向かう。

「ロブは本当に賢い子ね。さあ、アーサーの家に行きましょう。それから帰るのよ。ヤギたちがきっと待っているわ」

「よし、じゃあ君も馬車に乗って」

オリビアたちの馬車はアーサーの実家へと向かった。

二人と一匹が三本のグミの木に向かって別れの挨拶をしている頃、街からは大勢の猟師たちが森に向かっていた。彼らは罠による猟を得意とする猟師たちで、「国王陛下に献上する金色の毛皮を我が手で！」と意気込んでいる。しかし……

「変だな。鳥の声がしねえ」

「鳥だけじゃない。ウサギやリスの気配もない」

「おい、これを見ろ。獣道《けものみち》以外にも下草を踏み荒らした足跡がたくさんあるぞ」

ベテランの猟師たちは「いったい何が起きたんだ？」「こんなことは経験がねえ」「何か大きな災害でも起きるんじゃないか」と不気味がった。

それでも国王陛下に獲物を捧げるという滅多《めった》にない手柄を立てるべく、その日一日かけて鹿を捕らえるための罠を大量に仕掛けた。その間も森には生き物の気配が消えていた。


翌日も翌々日も、仕掛けられた罠に獲物は一匹も捕まっていなかった。

「森の女神がお怒りなんじゃないか」

猟師たちの中でも一番年配の男がぽつりとそうつぶやくと、その言葉を待っていたかのように全員が無言でうなずいた。

「猟師を四十年もやってるが、こんなことは一度も経験がねえ。陛下には申し訳ないが、俺は命が惜しい。金色の鹿は森の女神がお姿を変えて遊びに来てるんじゃなかろうか。それを捕まえようなんてことをしたら、何が起きるか」

「確かにそう言われたらそうだ。俺らは国に養ってもらってるわけじゃねえ。俺らに何かあっても国は女房子供を養ってはくれないからな」

「俺は抜ける。罰当《ばちあ》たりなことはしたくない」

日々獣の命を狩っている者たちは信心深い。

数十名の猟師たちは森から引き揚げた。

「国のお偉いさんに叱《しか》られたって、そのときだけ大人しく頭を下げればいい。それで死ぬことはない」

猟師たちはそう言って森から去った。

彼らにとって、森の女神のお怒りを受けること、怒りを受けた結果怪我《けが》でもして日々の糧《かて》を失うことのほうがよっぽど恐ろしいことだった。

3　二つの世界

アーサーの実家から『スープの森』に帰って、オリビアはまず鉢植《はちう》えの世話をした。出かける前にたっぷり水を与えて日陰に置いておいた数十の鉢植えは、秋だったこともあって全部枯れずに生きていた。

「ごめんね。水が欲しかったよね。さあ、たっぷりお飲み」

オリビアは声をかけながら水差しで井戸水を与え、茶色に変色した葉を丁寧に取り除く。それをロブがゆったり尻尾《しっぽ》を振りながらくっついて歩いて眺《なが》めている。

全部に水を与えて、受け皿のある定位置に戻し終わる頃、アーサーがヤギのピートとぺぺを連れ帰ってきた。

『おうち！』『自分の　おうち！』

「お帰り、ピート。お帰り、ぺぺ。ビリーさんの家でいい子にしてた？」

『意地悪　いた！』『意地悪　威張ってた』

「ああ、ビリーさんちのヤギ？　ごめんね。許してあげて」

『意地悪！　許さない』『意地悪　大嫌い』

「ふふふ」

二匹のヤギは、ビリーの家のリーダーであるオスヤギが気に入らなかったようだ。

あちらはあちらで、突然群れに入ってきた新入りの夫婦が気に入らなかったことだろう。ビリーが気を遣《つか》ってピートとペペを特別扱いしたのかもしれない。

「俺は荷馬車を返しにいってくる」

「疲れているのにごめんね、アーサー。助かります。行ってらっしゃい」

『あの家　嫌い！』『あのヤギ　嫌い！』

「まあまあ、そう言わないでよ。ここにあなたたちだけを置いていくわけにいかなかったんだから。草を食べる？　いい感じに伸びているわよ」

『草！』『おいしい　草！』

二匹のヤギは裏庭に放たれると、伸びた雑草をモシャモシャと食べた。

全ての雑草が根元から綺麗に食べられて、裏庭はすっかり綺麗になった。

『もっと　草！』『食べたい　草！』

「わかった。柵《さく》の外に出してあげる」

オリビアは二匹のヤギが柵の外の草を食べるのを見守った。本当はすぐに家中を拭《ふ》き掃除したかったけれど、彼らは十日間もよそのオスヤギに威張られていたのだ。まずは彼らを労《いたわ》ってやりたかった。

ふいに、動物の声が聞こえた。

『ごはん　来た！』

「ん？」

心の声がするほうを見ると、オオルリが木の枝にとまってオリビアを見ていた。

「いらっしゃい。今、何か食べる物を持ってくるわ」

『ごはん！　虫！』

「虫はないの。木の実ならあるから待ってて」

急いで台所に入り、干したブルーベリー、野苺《のいちご》、ラズベリーを入れてある瓶《びん》を抱えて庭に出た。前庭にある餌台《えさだい》に乾燥した木の実をザラザラとたっぷり置く。

オオルリはオリビアが離れるのを待ちきれないように、すぐ餌台に飛び移って食べ始めた。

「たくさんお食べ。水浴び用の水も取り替えるわね」

庭の平たい岩の上にいつも置いてある大皿を井戸水で洗い、たっぷり水を溜《た》めて元の岩の上に戻した。

野鳥たちは清潔な水が好きだ。水浴びはあちこちにある沢や水溜まりでもできるが、森の中だとキツネやヤマネコに襲《おそ》われることがある。

この庭ならまず安心なので、飲むにも浴びるにも嬉しいらしい。

『草！　うまっ！』『うまっ！』

柵の外からヤギたちの心の声が伝わってくる。そろそろ小屋に戻さなくては、とオリビアはヤギたちのほうへ向かった。

ヤギたちは毛艶《けづや》がいい。ビリーはオリビアのヤギを大切にしてくれたようだ。ビリーのオスヤギは意地悪したのではなく、よそ者から群れを守りたかっただけのような気がした。

「さあ、そろそろ小屋に戻ろうね」

『もっと　草！』『小屋　イヤ』

「そう言わないで。私はアーサーのごはんを作りたいのよ」

『アーサー！　ツガイ』『アーサー　ツガイ』

「うん、わかってるから」

苦笑しながらヤギたちを小屋に入れ、窓を開け放ってから母屋《おもや》へ向かう。

アーサーは往復の移動の間、ずっと御者を務めてくれた。座って気を緩《ゆる》められたオリビアとは疲れ方が違うはず。美味《おい》しい夕食を作ってもてなしたかった。

二階の廊下に吊《つる》してある干したマスの開きと玉ねぎを手に台所へ。

カチカチに干してあるマスを蒸留酒と水を半々にした液に漬《つ》け、その間に玉ねぎを刻んだ。

途中で思いついて家庭菜園のニンジンを収穫する。ニンジンは大きく成長していて、香りの強い葉っぱはピンと元気だ。

アーサーが二キロの道のりを歩いて帰った頃には、台所にはいい匂《にお》いが漂《ただよ》い始めていた。

「ただいま。いい匂いだ」

「家にあるもので夕飯を作ってるの」

「楽しみだ。オリビアの料理を食べると寿命《じゅみょう》が延びる気がするよ」

それは祖父のジェンキンズがよく言っていた言葉とそっくり同じだった。オリビアは黙ったまま微笑んだ。

鍋をかき回しながらお湯を沸かし、お茶を淹《い》れる。乾燥させたキャットニップの葉と茎を混ぜたミントティーだ。

アーサーが美味しそうに飲んでいる姿を見ながら心でつぶやく。

(おじいさんとおばあさんは神の庭に行ってしまったけれど、こうやって私が思い出している限り、私の近くにいてくれるような気がする。おじいさん、おばあさん、神の庭から見ているのかしら。私は今、とっても幸せに暮らしているの。だから安心してね)

鍋の中で炒め煮していた玉ねぎとニンジンにマスを加え、再び沸騰するのを待ちながら、マスをぶつ切りにして上に載せた。

鍋に蓋《ふた》をしてマスが柔らかくなるまで、ホットビスケットの準備をする。発酵させる時間はないからソーダを使って膨《ふく》らませるつもりだ。

「ねえ、アーサー」

「なんだい？」

「十日間もこの家を離れるのは初めてだったけど、旅行は帰ってくるのも楽しみね」

「そうだな」

「オオルリがね、ずっと待っていてくれたの。私のことを『ごはん』て言ってた」

「ふふっ。君の名前は『ごはん』なんだね」

「ええ。そしてピートとぺぺはビリーさんに大切にされていたようよ」

「そうか」

「でも、ビリーさんちのオスヤギに意地悪されたと文句を言っていたわ」

「怪我はしていなかったようだが」

「ええ。きっと意地悪といっても『俺の言うことを聞け』と言われた程度だと思う。新入りですもの、群れの一番下扱いされるのは仕方ない」

アーサーがミントティーを飲みながら、優しく笑う。

「君が見ている世界は、きっと、とても優しいんだろうな」

鍋から柔らかくなったマスを一度取り出し、皿の上で「あつっ」と言いながら背骨と小骨を丁寧に取り外していたオリビアだが、アーサーの言葉に動きを止めた。

「そうね。この力を持って生まれてきたばかりに苦労したと思っていたけど、そうかも。私、ずっと優しい世界を見ながら生きてきたのね」

「俺はひとつの世界しか知らないけど、君は二つの世界で生きているんだね」

「そんなふうに考えたこと、なかった。確かにそうね。私は二つの世界を行ったり来たりしながら生きているんだわ」


できあがった夕食を食べながら、オリビアはアーサーの言葉を何度も思い返した。そしてホットビスケットをちぎりながらアーサーに笑いかけた。

「私、ずっと自分だけ別の世界で生きているように思っていたけど、そうじゃなかったんだわ。二つの世界の間に立っていて、両方を行ったり来たりしているのね。ありがとう、アーサー」

「なんでお礼を言うんだ？」

「なんでも。『人間は悪いこともするけど、いいこともする』っておばあさんがよく言っていたわ。あなたと暮らしてみて、おばあさんの言葉が身に染《し》みる」

「そうかい？　このマスと野菜の煮込み、うまいな」

「マスの骨からダシが出るのよね」

「ああ、実にうまい」

ロブはとっくに夕食を食べ終えていて、足元で寝ている。

『スープの森』では優しく穏やかな時間が流れていた。

4　長生きな鳥

その女性客は四十代後半。ちらほら白髪《しらが》が交じる黒髪は、肩の辺りで切り揃《そろ》えてあり、瞳《ひとみ》は濃い茶色。

日替わりのスープとパンを一枚、セットのおかず、お茶を頼んで完食したが、落ち着かない様子だ。店内をキョロキョロと見回してはいるが、オリビアに話しかけてくるわけでもない。

近隣の農家の人ではないのは確かで、別荘の人のような身なりとも違う。雰囲気や服装からすると、「裕福なお屋敷で働くベテランの使用人が休日にお出かけ」という感じだ。

オリビアは意識してその女性の心を読まないように気をつけていたが、ついさっき、彼女の心が流れ込んできた。

『あの女性がいない。もしかしたら亡くなったのかも。どうしよう』

その心の声を聞いたオリビアは（もしかしたら祖母に会いにきたのでは）と思った。

しかし本人から何も言われていないのに「祖母は亡くなりました」と言うのもおかしな話だ。

どうしたものかと迷っていたら、女性は帰る準備をしながらオリビアを見た。

その視線があまりに切羽詰《せっぱつ》まっていたので、オリビアは意を決して女性に近寄った。幸い他の客は全員帰って誰もいない。

「本日のスープはいかがでしたか」

「は、はい。とっても美味しいです。家庭料理の形を取りながらも、本職の料理人にも負けない美味しさでした」

「ありがとうございます。私の料理は全部、祖母から教わったんですよ。祖母は料理がとても上手な人でした」

「失礼ですが、そのおばあ様は？」

「祖母は五年前に亡くなりました」

「ああ、そうでしたか……」

「祖母をご存じなのですね？」

「ええ、はい。あの、お仕事中なのに申し訳ありませんが、少々あなたにお尋ねしたいことがございます」

「はい、なんなりと」

　女性は「リナ」と自己紹介した。とある身分の高い方にお仕《つか》えしているという。

「このお店にはずっと以前、十年ほど前でしょうか、先代の主《あるじ》と一緒に何度か来たことがございます」

「まあ、そうでしたか」

「当時の主は亡くなりまして、今はその方のご子息にお仕えしているのです。それで、わたくしの現在の主は今、心配事を抱えていまして」

「はい……」

「主はオウムのことで悩んでいらっしゃいます」

「オウム……とは？」

「南国の鳥です。先代のご当主様が商人から買い求め、亡くなる直前まで大切に世話をしていたのです。そのオウムの元気がなく、悩んでおります」

「リナさん、いろいろ質問させてもらってよろしいですか？」

「なんでしょう」

「そもそも野の鳥は、そんなに長くは生きられないと思うのですが」

「いえ、商人の話では四十年から五十年、つまり人間と同じくらい生きるのだそうで。そのオウムはまだ十二歳ですから、人間でいえば子供です。なのに元気がないのです」

野の鳥が五十年も生きるとは信じがたいが、それを信じるとして……。

「なぜオウムのことで祖母に相談しようと思ったのですか？　薬草をご要望でしたか？」

「いいえ。実はこちらのお店でお話が弾んだ際に、先代の当主がオウムのことをおばあ様に自慢なさったのです。そして自慢した後で『何十年も生きる鳥だから、自分が神の庭に旅立ったら息子がそのオウムを引き継ぐことになる。息子は真面目で優しい子だから、オウムが病気にでもなったら気に病《や》むに違いない。あまりにオウムが長生きだから、逆にそれが心配だ』と」

「なるほど」

「そうしましたら、あなたのおばあ様が『そのオウムのことで何か困ったことがあったら、お力になれるかもしれませんよ』とおっしゃったのを、わたくし思い出しましたの」

（なるほど。祖母は私がスズメやムクドリやオオルリに話しかけている姿を見ていたから。力になれるかもというのは、私のことを言ったのかもね）

「力になれるとは、たぶん私のことだと思います。ただ私はオウムを見たことがありませんので、どこまでお役に立てるのかはわかりません。でも、祖母がそう言っていたのなら知らん顔はできませんわ」

「まあ！　では診《み》てもらえるのでしょうか」

「はい。それで、オウムは今どこに？」

「王都です」

「王都ですか……」

　オリビアが考え込んだのを見て、リナが急に元気をなくした。

「ご商売をなさっていたら、このお店を閉めて王都まで行くのは無理でしょうね？」

「実は最近結婚しまして、結婚休暇で休んだばかりなんです。困りましたね。具合の悪い鳥を連れて移動するのはご心配でしょうし」

二人ともその場ではいい考えが浮かばず、リナは「もし診てもらえるようならここに連絡をしてほしい」と、宿泊先を紙に書いて帰っていった。今夜はマーローのホテルに泊まるらしい。

※・・・※・・・※

「そんなことがあったのか。それで、オリビアはどうしたいの？」

「私はまたお店を何日も休むのはちょっと気が重いかな。でも、オウムという鳥のことも気になるの。祖母が私を当てにしてその人に『力になれる』って言ったのだろうから、祖母の期待にも応えたいし」

「オウムねえ。そんなに長生きする鳥なら、ちょっとの移動で死んだりはしないような気もするが。でも、鳥は具合が悪くなるとあっという間だからなあ」

「そうなのよ。オウムって、どのくらいの大きさかしらね。大きければ大きいほど体力はあるだろうけど」

「俺は全くわからないなぁ」

「そうよねえ」

「ねえ、オリビア。互いに中間地点まで出向くってのは？　王都とマーレイ領は馬車で三日の距離だ。真ん中っていうと、ダンカスター辺りになるか。そこで落ち合って診察したら？　その女性が明日ここを出て王都に着くまで三日。折り返しでダンカスターに来てもらうと、ほら、ちょうど『スープの森』の定休日の前日にダンカスターに着くよ」

　壁のカレンダーを見て、オリビアの顔も明るくなる。

「そうね。定休日の前夜にオウムを診せてもらって、翌日も一緒にいられれば、だいぶ事情もわかるはずだわ。アーサー、あなたのアニーをちょっと借りていいかしら」

「まさかこれから一人でその女性のホテルまで行くつもりかい？」

「だめかしら」

「だめだよ。俺も一緒に行く。二人でアニーに乗ればいい」

「あっ、そういうことね」

　アーサーはなぜかニコニコしながらアニーに鞍《くら》を置き、オリビアに手を貸して乗せた。

「どうしてそんなにご機嫌なの？　仕事から帰ったばかりで疲れてるでしょうに」

「うん？　いつか君と二人でアニーに乗りたいなと思っていたからさ」

　オリビアはアーサーの前に座っていたので（よかった。緩んだ顔を見られずに済むわ）と安心した。（私今、すごくデレデレした顔をしているに違いないもの）

　そこでハッ！　となった。

（今の聞かれた？）

慌てて後ろを振り返ると、アーサーが斜《なな》め上を見ている。そして笑いを必死に堪《こら》えていた。

「聞こえたのね」

「いいや、君がデレデレしてるなんて、全然知らなかったけど？」

「もう！　意地悪ね！」

二人でくすくす笑いながら乗っていると、突如アニーの心の声が流れ込んできた。

『このツガイ　いっぱい仲良し　いいこと　いいこと』

「もう、この能力は便利なような不便なような」

「どうかした？」

「アニーが私たちが仲良しなのはいいことだって言ったの。なんだかもう、恥ずかしい」

デレデレした人間と、それを微笑ましく見ている馬は、マーローの街へと向かった。


マーローのホテルに現れたオリビアたちを見て、リナは驚いていたが、

「ダンカスターの街で待ち合わせ、願ってもないことでございます。我が主にもそのように伝えます。どうかよろしくお願いします」

と喜んでくれた。

ダンカスターの一番大きなホテルを集合場所に決めて、オリビアとアーサーはリナと別れた。

「オリビア、よかったら帰る前に一杯付き合ってくれるかい？」

「ええ、喜んで。楽しみだわ。私、滅多に自分以外の人が作った料理を食べないから。何か軽いものも食べていいかしら」

「好きなだけ注文するといい。金ならある！」

わざとおどけてそんなことを言うアーサーに笑ってしまう。

楽しい時間が待っていると思うと、店に入る前から笑顔になった。

5　オウムのローリー

オウムを診察する日が来た。

ダンカスターの街で一番大きいホテルの一室に、四人と一羽。

真っ白で大きな鳥がオウムであるらしい。オウムは金属の鳥籠《とりかご》の中にいた。背中を丸め、あまり動かない。気力に欠けた眼差《まなざ》しでオリビアをどんより見ている。

「あなたは鳥のことに詳しいのかな？」

「はい、多少は。ですがオウムは初めて見ます。ウッズ伯爵様、大変申し訳ありませんが、診察をする間、オウムと私たちだけにしていただけませんか？」

三十八歳のアルフレッド・ウッズ伯爵は「え？」という顔になった。

顔を合わせるまで伯爵という身分を伏せて診察を依頼し、平民の都合に合わせてわざわざダンカスターまでやってきた。ここまで譲歩したのは、父が遺《のこ》したオウムが大切だからだ。

なので伯爵は（初対面の平民とローリーを残して部屋を出ろ、というのはあんまりな条件だ。ローリーに何か異変があっても、ローリーに原因があるのかこの者たちに原因があるのか判断がつかないじゃないか）と少々ムッとした。

その感情を感じ取り、オリビアは（そうですよね。普通はそう思いますよね）と思う。

「では伯爵様もリナさんもこのまま部屋にいてくださって結構ですが、ひとつお約束していただけないでしょうか」

「約束の内容による」

「ここで見たことはよそで話題にしないでいただきたいのです。それだけです」

「そんなことなら大丈夫だ」

少々ご機嫌を損ねた伯爵の様子を見て、オリビアは覚悟を決める。

「では、始めます。ローリー、あなた元気がないんですってね。どうしたの？」

『……食べたい』

「食べ物はもらってるでしょうに」

『虫　食べたい』

「そう。どんな虫が好きなの？」

『バッタ　スキ　芋虫　スキ』

「なるほど、わかったわ。それだけ？」

『クサイ　ニオイ　キライ　クサイ　クサイ　苦しい』

「何が臭《くさ》いのか教えてくれる？」

『この人　クサイ　イヤなニオイ』

そこでウッズ伯爵はたまらずに口を挟んだ。

「いやいや、待ってくれ。君はローリーと会話していると言うつもりじゃあるまいね？」

「そうお思いになるのはわかりますけど、私は……」

「結構だ。帰ってもらおう。藁《わら》にもすがりたい人間の心を利用するにしても、もう少し上手にやるべきだったな」

アーサーが気色《けしき》ばんだのを感じて、オリビアは黙って首を振った。

相手は伯爵様、自分たちは平民。揉《も》めれば自分だけでなくアーサーにも迷惑がかかる。

「仕方ないわ、アーサー。ローリー、ごめんね。あなたの役に立てなかった。伯爵様、失礼いたします。本当にごめんね、ローリー」

「お待ちください！」

リナが慌ててオリビアを引き留めた。

「リナ、この者たちを連れてきた君を責めたりはしないよ。安心しなさい」

「違います。伯爵様、わたくし、今、大変驚いております。オリビアさんはローリーの名前をご存じでした」

「それがどうした？」

「わたくし、ローリーの名前を教えていません。それなのにご存じでしたわ。もしやオリビアさんは特別な力を持っているのではありませんか？　本当にローリーと会話できるのでは？」

「リナ、馬鹿《ばか》なことを言うものじゃないよ」

伯爵は苦笑している。

二人には構わず、オリビアはローリーの感情と記憶を全力で探《さぐ》る。せっかくここまで来たのだ。今できることは今やろう、と思う。ここでこじれたまま部屋を出たら、二度とローリーに会わせてもらえないかもしれない。

オウムは確かに具合が悪そうだった。虫を食べたいというのは、餌に偏《かたよ》りがあるのだろう。栄養が足りないのであれば、この子は長生きできない。

この伯爵だけでなく、先代の飼い主も虫を与えていなかったとしたら、かなりの長期間、ローリーは偏った食べ物で生きてきたことになる。大型の鳥だからここまで生きていられたものの、ついに体調が悪くなったのかもしれない。もしそうなら、あまり時間の余裕はない。

動物は不調を隠す生き物だ。弱っていると知られたら、自然の中ならすぐに襲われる。なのに、すでにローリーは具合が悪そうに見える。よほどのことだ。

一方、伯爵は平民二人を信用できない。礼金目当ての連中と決めてかかっていた。

(そんな馬鹿なことがあるものか。ローリーの名前は、うっかりリナが口にしたんだろう)

「いいえ伯爵様、リナさんはローリーという名前をしゃべってはいません」

「なっ」

「ローリーに普段何を食べさせていらっしゃいますか。この子は草の実、野菜の種、果物、虫を好むようです。人間と同じようにいろいろな種類の食べ物が必要な鳥です。それと、申し上げにくいことですが、ローリーは伯爵様から嫌なにおいがすると言っています。この子の近くでにおいの強いものを使ったりはなさっていませんか？　たとえば香水とか」

「……」

伯爵とリナが二人揃ってギョッとしている。

ローリーは伯爵の部屋で飼われているのだが、ローリーの籠は飾り棚の隣に置かれている。飾り棚には香水のガラス瓶が置いてあり、伯爵は毎朝ローリーの籠の隣に立って、二度三度香水をシュッと自分に吹きかけるのを習慣にしていた。

（まさか、本当にローリーと会話ができる、のか？）

「はい、私は動物の心が読み取れます」

（私の心も読めるというのではあるまいな？）

「少しなら」

伯爵の心に大きな驚きと、少しの恐怖、そこそこの嫌悪感《けんおかん》が生まれた。

伯爵は自分の頭の中の疑問に打てば響くようなタイミングで返事をするオリビアを、複雑な表情で見る。その表情を見て、オリビアに古い記憶が甦《よみがえ》った。

（ああ、懐かしいわね、その表情。子どもの頃、いつもそんな顔で見られていたっけ。忘れたつもりでいたけれど、私は全然忘れていなかったんだわ）

アーサーは流れ込んでくるオリビアの心を感じ取り、いたたまれなくなった。

「帰ろう、オリビア。もういいよ。君はこうなることもわかっていたんだろう？　その上でオウムを心配してやってきたんだ。これ以上君が傷つくことはないよ。伯爵様、我々はこれで失礼いたします」

アーサーはそう言ってお辞儀をし、オリビアの肩を抱えて歩き出した。オリビアはローリーを見る。ローリーもオリビアを見ていた。

『たすけて』

オリビアの足が止まる。その心の声の悲痛な響きがオリビアの胸に刺さった。

（森で発見されて、ひたすら助けを求めた自分を祖父母は助けてくれた。なのに自分はローリーを見捨てるのか）

オリビアはしょんぼりしているように見えるローリーを見た。

（籠に閉じ込められて不本意な生活をしているローリーは、家族に疎《うと》まれ息を潜《ひそ》めるように生きていた五歳の自分と同じ状況ではないのか。そしてローリーにはあの日の私のように逃げ出す手段もないのに）

すぐに諦《あきら》めて部屋を出ようとした自分を、オリビアは恥じた。

そのオリビアに伯爵が声をかけた。

「待ちたまえ。いや、待ってくれないだろうか。君は本当にローリーの心も私の心も読めるのか？」

「ローリーの心ははっきり読めます。今、私に向かって『たすけて』と言いました。人間の心は私が読もうとしても読めない場合も多いです。伯爵様は今、少々興奮していらっしゃるので、心が無防備です。なので、読もうと思えば読める状態です」

「では、今の私の心を読んでみてくれるか？」

「はい。『この女の言っていることは頭がおかしいとしか思えないが、ローリーの近くで香水を使っていることは当たっていたな。だがおそらく、リナが余計なことをしゃべったのだろう』とお考えでした」

「なっ！」

　さすがに口には出せなかったことをズバリと言い当てられ、伯爵はたじろいだ。

「いかがですか」

「た、確かにそう考えた。あなたは本当に心が読めるのだな」

「はい。今は私のことを『気味が悪いな』と思っていらっしゃることも読み取れます」

「そうだったか。この子は『たすけて』と言っているのか。動物や人間の心を読める力とは理解しがたいが、そう聞いては捨て置けない。ローリーは父の遺した大切な鳥なんだ。どうやら君は本当にローリーと私の心を読めるようだ。今のやり取りを考えればそうとしか思えない。あらためて君にローリーの診察をお願いしたい。失礼な態度を取ったこと、許してほしい」

オリビアは微笑み、その謝罪を受け入れた。過去の傷が疼《うず》いたことなどたいしたことではなかった。助けを求めるローリーを見捨てることのほうが身を切られるようにつらかったのだ。

6　ローリーが望むこと

　ローリーの願いを叶《かな》えるためにオリビアが最初にしたことは、ベランダに出て街のスズメたちに呼びかけることだった。

（虫を持ってきてくれたら、ヒマワリの種とカボチャの種を好きなだけ食べさせてあげる！　リンゴもあるわよ！）

　心でそう呼びかけてから、オリビアは部屋に入った。

　種はローリーの籠の近くにガラス瓶いっぱい詰められているのを確認済みだ。リンゴはテーブルの上に人間用が置いてある。


　ウッズ伯爵、リナ、アーサーが見守る中で、ローリーに話しかける。

「ローリー、虫は少し待ってね。食べ物の他に、何かしたいことはある？」

『バシャバシャ　バシャバシャ』

「えーと、水浴びかな？」

　オリビアは心の中で、庭で使っている深皿を心に思い描いた。深皿に綺麗な水、そこで気持ちよさそうに水浴びをするチュンを思い浮かべる。

　すると突然ローリーが籠の中で羽ばたいた。

　籠はあまり大きくないので、ローリーは止まり木にしっかり両足でつかまり、籠に衝突しないように気をつけて羽ばたいていた。

「水浴びをしたいそうです。籠から出して水浴びをさせたいのですが、洗面器に水を入れて持ってきてもらえますか？」

「すぐに用意させよう。リナ、頼めるかい？　他には何を言っているのだろうか」

「ローリー、あとは？　あとは何がしたいの？」

　すぐにローリーの心が流れ込んでくる。

　白いヒゲを蓄えた年配の男性が見えた。先代のウッズ伯爵様だろう。部屋の中で自由に飛び回るローリーを楽しそうに笑って見ている。ローリーはこの老人が大好きだったようで、老人の姿と一緒に楽しい気持ちが伝わってくる。

「籠から出て室内を飛びたいようです」

「確かに父はローリーを部屋に放していたらしいのだが」

　部屋を出ていったリナが、水を入れた洗面器を持ってきた。籠の中でローリーが激しく羽ばたいた。よほど水浴びをしたかったらしい。

　オリビアは全ての窓が閉まっていることを確認してからローリーの籠の扉を開けた。

だがローリーは出てこない。

「ずっとこうなんだ。父が部屋で遊ばせていたとリナから聞いたから、父が亡くなった後は毎日扉を開けて待ってみたんだが。一度も出てこない。だから最近はもう外に出そうとするのを諦めていたんだ」

「ローリー、どうして出てこないの？」

ローリーの記憶を探って、オリビアは驚いた。

使用人らしき女性が、怖い顔で金切り声をあげながらローリーを虫取り網で追いかけ回す。ローリーは恐怖で逃げ回る。女性はどこまでも追いかけてきて部屋の中で虫取り網を振り回す。ついに捕まり、網の中で暴れるローリー。

女性はローリーを乱暴に摑《つか》んで籠に突っ込み、怖い顔で何かを罵《ののし》っている。恐怖で怯《おび》えるローリーの記憶が胸に刺さる。

「ひどい。ローリーは籠の外でとても恐ろしい思いを何度もしたんです。だから籠から出なくなったんだわ。その女性はローリーを少しだけ出して、すぐに籠に戻したかったんでしょうね」

「そんなはずは……。いったいどんな目に遭《あ》ったというんだね」

「茶色の髪の、痩《や》せて背の高い女性が、虫取り網でローリーを部屋中追いかけ回しています。とても怖い顔で。そして捕まえたローリーを乱暴に摑んで籠に押し込んだ後も、ずいぶん長いこと悪態をついています」

「そんな……」

伯爵は「信じられない」という顔だが、リナは思い当たることがある顔だ。

「リナさん、その女性が誰なのか思い当たる節があるんですね？」

「今はもう辞めてしまったアガサでしょう。長いことお屋敷で働いていたベテランでしたが、お金に困る事情でもあったのか、お屋敷の物をくすねようとしたんです。たまたま現場を見つけてすぐに解雇しました」

「リナ、なぜそんな者にローリーの世話を任せたんだ？」

「申し訳ございません。それ以前は真面目な働きぶりでしたので、信用しておりました。先代の伯爵様が亡くなった後、旦那様《だんなさま》と私が引き継ぎで王都と領地を往復している間、ローリーの世話を頼んだのです。まさかそんなことをしていたなんて……」

「じゃあ、もうその人はいないんですね。よかったです。ローリー、怖い人はもういないわ。安心して出ていらっしゃい」

ローリーはそれでも出てこない。

オリビアは野生の動物を相手にするときと同じように、動かずにローリーの決心がつくのを待った。その間も洗面器に手を入れ、チャプチャプという水音を聞かせるのを忘れない。

ローリーは迷っているらしく、止まり木の上をタタタ、タタタと右に左に動いて落ち着かない。

「大丈夫。もうあなたを追いかける人はいないわ」

ついに我慢できなくなったらしく、ローリーは籠の入り口にピョンと止まり近くのテーブルに置いてある洗面器に向かってパサッと羽ばたいた。

それからはもう、水浴びに夢中だ。

羽を広げ体を震わせ、右半身を水に浸《つ》けてバシャバシャ、左半身を水に浸けてバシャバシャ。

「ローリー、バシャバシャは気持ちがいいねえ」

『バシャバシャ！　楽しい！　バシャバシャ！　嬉しい！』

テーブルの上にも床にも水飛沫《みずしぶき》が飛んでいるが、伯爵はローリーが水浴びをしているのを笑顔で眺めている。

（ああ、伯爵様は、本当にローリーを可愛《かわい》がって大切にしてくださってる）


「オリビア」

「はい？　なあに、アーサー……あっ！　早い！」

ベランダの手すりに、ぎっしりとスズメが並んでこちらを見ていた。全てのスズメが口に何かを咥《くわ》えている。いや、何かではない、間違いなくオリビアが頼んだ虫だ。

『はやく！　タネ！　はやく！　タネ！』

『タネ　食べたい！』

『リンゴ！　リンゴ！　リンゴ！』

　リンゴの味を知っているスズメは人間からもらったことがあるのだろうか。

「ローリー、スズメが虫を持ってきてくれたわ。ベランダに出て受け取ってくるから、一度籠に戻ってね」

　ローリーは一度窓の外を見てからシュッと籠に飛び込んだ。すぐにオリビアが籠の扉を閉め、華奢《きゃしゃ》な掛け金をカチンとかける。

「ええと、アーサー、一緒に来てくれるかしら。私は虫嫌いじゃないけど、あれだけの数はさすがに。虫の拾い残しはまずいし」

「ああ、任せろ」

「リナさん、そのリンゴをいただいてもいいですか？　スズメたちにご馳走《ちそう》するって約束したんです」

「約束……ええ、はい、どうぞ」

「その果物ナイフもお借りします」

　アーサーとオリビアはベランダに出て、ローリー用の餌をベランダの床にばらまいた。

　スズメたちは咥えてきた虫をポイッと嘴《くちばし》から落として種に群がり、大喜びだ。

　アーサーがベランダの床に落ちたトンボ、蝶《ちょう》、青虫、芋虫を拾ってハンカチに包んでいく。

　オリビアは果物ナイフでリンゴを刻み、細かくしてから床にそっと小さな山にして置いた。

ヒマワリの種、カボチャの種、汁気たっぷりのリンゴは、スズメたちにとって滅多に食べられないご馳走だ。夢中で食べている茶色の小さな背中に向けて、オリビアは「ありがとう。助かったわ」と声をかけた。

ベランダの扉を閉めて二人が部屋に戻ると、室内から様子を見ていたリナが顔を強張《こわば》らせている。伯爵もハンカチが膨らむほどたくさんの虫に、少々腰が引けている様子。

オリビアは籠の扉を開けてローリーに虫を差し出した。

「好きなのを選んで食べるといいわ。食べたらお部屋の中を飛んでもいいのよ」

ローリーは籠から出てキーキー叫びながら虫をたくさん食べた。やがて満足したらしく、羽《は》繕《づくろ》いを始めた。しばらく丁寧に羽繕いをしていたが、突然羽ばたいた。

大型のオウムが室内を飛ぶ姿は迫力がある。オリビアとアーサーは「わぁ」と驚きつつ眺めた。

ローリーはカーテンの上に設《もう》けてあるカーテンボックスに着地し、そこからシャンデリアへ。シャンデリアからソファーの背もたれに飛び移る。

「ああよかった。元気だ。今食べて、今元気になるものかね？」

「食べ物ではこんなにすぐには元気になりませんから、きっとローリーは心も弱っていたのではないでしょうか」

「そうか。しかし、これからは室内でこうやって遊ばせてやれる。よかったよ」

伯爵がそう言って満足げにローリーを眺めていると、ローリーがしゃべった。

『ローリー、オハヨウ、ゲンキカ？　リンゴヲタベルカ？　ローリー、イイコダナ』

「まあ、伯爵様、これって……」

「リナ、驚いたな。あれは父さんが毎朝ローリーにかけていた言葉だ」

ローリーはご機嫌で、背もたれの上で首を左右に動かしながらしゃべり続ける。

『ローリー　オハヨウ　イイコダネ　リンゴヲタベルカ　ローリー　ローリー　ナガイキスルンダヨ』

※・・・※・・・※

「いいのかい？　オリビア。明日もローリーに付き添うつもりだったんだろう？」

「ローリーはもう大丈夫よ。伯爵様がこれからは虫も与えるとおっしゃってたし、ローリーは怖がらずに籠から出られるようになったんですもの」

「伯爵様は、ホテルを手配するって言ってくれていたのに、泊まらないのかい？」

「ロブが待っているもの。きっと二日分のごはんを一度に食べきってるわ」

「ああ、そんな気がするな」

「ピートとペペも草が食べたいって思いながら待ってる。アーサーこそ、夜に馬車を走らせるのはつらくない？」

「俺が傭兵《ようへい》を何年やってたと思ってるんだい？」

「ごめんね、お仕事も休ませちゃって」

「気にするな。ちゃんと許可は得てる。そして薬草採取で休んだ分を取り戻すさ」

「私も協力するわね」

「心強いな」


馬車はゆっくり夜の街道を進む。馬車を引いているアニーはまたしても『ツガイ　仲良しイイコト　イイコト』と心でつぶやいていた。

7　道案内

ダンカスターから店に帰り、ロブとヤギたちに大歓迎されたオリビアとアーサーは、その日からいつも通りの穏やかな生活に戻った。

季節の食材でスープを作り、スープに添える料理を作り、鉢植えの世話をして動物たちと会話をする。愛するアーサーとおしゃべりをし、たまに流れてくるアーサーの優しい気持ちにほっこりする。その繰り返しの日々。

今日のスープは一度干したキノコとイノシシ肉の具だくさんスープ。

添えられるのは炒めた玉ねぎをたっぷり使ったオムレツ。生クリームと牛乳が卵に溶け込んで、トロリと濃厚《のうこう》だ。希望する人にはチーズを削って載せる。スープを飲んだ客がオリビアに話しかけた。

「ああ、このスープ、キノコのダシがたっぷり出てるね。イノシシの肉と合う。うまいなぁ」

「キノコは干すとなんでこんなに美味しくなるんですかね」

「なんだ、料理しているオリビアもわからなかったか」

「そうなんです。わからないんですよ」

笑顔で「ごゆっくり」と言って台所に戻ろうとするオリビアに、また別の客が声をかける。

「このオムレツは食べ応《ごた》えがある。夜まで働かなきゃならないから助かるよ。何よりうまい。

オムレツの下に敷いてあるのはクッキーみたいにザクザクしてるけど、甘くないんだな」

「材料はクッキーとほぼ同じですけど、クルミを入れていて甘くしていないんです。オムレツ
と一緒に食べると歯応えの違いが楽しいですよね」

「ああ。ザクザクした生地ととろけるオムレツ。いいねえ、癖になる」

「ありがとうございます」

そんなオリビアと客の会話を、アーサーは台所のテーブルで聞いている。

今日は薬草店が休みの日だ。

オリビアは「アーサー、私に遠慮しないで好きな場所に出かけていいのよ」と言っているの
だが、アーサーは「俺はこの店にいるのが一番楽しいから。追い出さないでくれよ」と笑う。

昼の客が帰り、夕方まで時間ができるとオリビアは急いで森に向かう。アーサーとロブも一
緒だ。

「キノコは早く採らないと虫がつくし、カサが開きすぎると味が落ちるのよ」

「でも毎日大量にキノコを採ってきたら、余るんじゃないのか？」

「いいえ。冬が来る前に全部干して、冬の間中料理に使うから。余ったことなんて一度もない

わ」

こういうときのオリビアは威勢がいい。まるで冬支度をしている森のリスみたいだとアーサーは思う。

秋も深くなると、冬眠前の熊がせっせと食べ物を漁《あさ》る。それを知っているアーサーは、オリビアが森に行くときは必ずついていくようにしている。

「おじいさんが生きているときはおじいさんが守ってくれただろうけど、二人がほぼ同時に亡くなった後は、五年間どうしていたんだ？　まさか一人で森の奥まで入ってたのかい？」

「ええ。大きな声で歌を歌って『人間がいますよ。こっちに来ないでね』って知らせながらキノコやクルミを集めてた」

「危ないなあ。その歌声を聞いて逆に寄ってくる熊がいなくてよかったよ」

一度人間の味を知ってしまった熊は、繰り返し人間を襲うと聞いている。アーサーはオリビアに何もなかったことを心から神に感謝した。

その日はキノコもクルミも大量に手に入り、オリビアはホクホクしていた。そんな妻の横顔を見ながら、アーサーの顔も緩む。

店に戻ると、キノコのゴミを取り除き、濡《ぬ》れた布巾で汚れを落とす。それから細い木の串《くし》でキノコの軸を刺していく。木の串は大量にあって、箱の中に収められていた。

「それは？」

「祖父の手作りの串。祖母は小枝を使えばいいと思っていたみたいだけどね。祖父は几帳面な性格で、同じ長さ同じ太さの串を全部自分で作ったんだって」

「騎士の腕前がありつつ器用な手先か。最強の夫だな。どれ、俺も手伝うよ。逆さまにして刺すんだね」

「ええ。祖母が言うには逆さまに干したほうが味がいいって。本当かどうかはわからないわ」

火を小さくしてある台所のかまどにはやかんが載せられていて、シュンシュンと静かな音でお湯が沸いていることを知らせている。他に音はしない。

たまに森のほうから「ギャッギャッ」とか「ホオォォォウ」という何かの鳴き声が聞こえるくらいだ。

「ここで暮らしているとさ、俺、森の中にいる小さな生き物になったような気がするんだ」

「小さな？　心細いの？」

「いや。食べ物が豊富で、綺麗な水もあって、数えきれないほどの生き物がいて、その一部になったような感じかな。しかも動物の声を聞き取れる妻がいてくれるから、退屈しない」

「そんなふうに思ってくれるのはアーサーだけね」

全てのキノコを木の串に刺し終えた。

「これをどうするの？」

「細い藁縄《わらなわ》二本の間に渡して、ぶら下げるの。量が少ないときはザルに並べるのだけど」

椅子の背に二本の細い藁縄を結び、藁の目に串を刺す。次々とキノコ付きの串を刺していくと、縄梯子《なわはしご》のようになっていく。縄の位置をずらしながら、オリビアは自分の身長ほどの長さのキノコ梯子を作り上げた。

「これを何本も作って軒下《のきした》に吊すのよ。お日様を浴びてカラカラに乾いたら保存食のできあがり」

「へえ。さくらんぼのお茶といい、いろいろなものに手間をかけるんだね」

「私は楽しいけど」

「俺も楽しいよ」


ふいに店の隅の箱ベッドで寝ていたロブがクッと頭を上げた。そして急いで起き上がり、ロブ用に作られている小さなドアを額《ひたい》で押して外に出ていった。

「何かしら。何も感じられないけど」

「俺が見てくる。君はここにいて」

アーサーは大型ナイフとオイルランプを手に、ロブを追って台所のドアを開けて外に出た。

どうしたんだろうと心配して待っていると、何かを抱えたアーサーが戻ってきた。ロブが何度も後ろ肢で立ち上がり、アーサーの腕の中を覗こうとしている。

アーサーの腕の中に、意識のない野ウサギがいた。

「後ろ肢にひどい怪我をしている。もうだめかもしれないな」

「そう。意識がなかったから感情も伝わってこなかったのね」

「どうする？」

「出会った以上、手当てをするわ。今、箱を持ってくるからそこに入れてね」

茶色の野ウサギはぐったりしていて、箱に入れても動かない。ロブがフンフンヒコヒコと鼻を近づけてにおいを嗅ぐ。

「血のにおいが気になるのね。ああ、何かに肢をガブリとやられたみたい。縫《ぬ》うしかないかな」

アーサーは黙って見ている。これが傭兵《ようへい》時代ならご馳走が向こうから飛び込んできたと喜ぶところだが、オリビアは自分のところに来た動物は手当てをしてまた森に帰している。

そのまま縁が切れる動物がほとんどだそうだが、あの狼のようにずっとオリビアを忘れない動物もいるらしい。

「アーサー、ウサギが動かないように押さえていてくれる？　縫っているときに目を覚まして暴れられると困るから」

「おう。任せとけ」

オリビアはウサギの傷に蒸留酒をかけ、肢の毛をカミソリで剃《そ》ってから傷口を縫い始めた。

ウサギは完全に失神していて、最後まで目を覚まさず、動かなかった。

「さて、この子が勝手に逃げ出さないように巣箱を用意しなくちゃ」

「ヤギ小屋に木箱が積んであったね？」

「ええ。あの子たち高い場所が好きだから、階段を作っておいたの。ひとつくらい箱が減っても大丈夫よね？」

「文句を言われても俺は聞こえないから平気だけど」

「私が謝っておくから大丈夫」

アーサーはヤギ小屋の木箱を持ってくると、中に敷き藁を入れ、空気が通るようにすきまを開けた蓋を作って上に載せた。

ウサギは静かに眠っていて、オリビアは「また森に帰れますように」とおまじないのように話しかけてからキノコ梯子を再び作り始めた。

キノコの縄梯子は二階の軒下にぶら下げられ、秋の陽射《ひざ》しに当たってカラカラに乾いた。

野ウサギは初日こそ暴れたが、オリビアがウサギに話しかけたらピタリと大人しくなった。

「治ったら森に放してあげる。あなたのことは決して食べない」

野ウサギは与えられる野菜や草を食べてどんどん回復していく。


二週間ほどたった頃。

「うん。傷が完全に塞《ふさ》がったわ。野の獣は治るのが早いわね」

オリビアはそう言いながら、ウサギの巣箱を抱えて裏庭に出た。蓋を開け、箱を傾ける。野ウサギは森に向かって飛び出していくのだと思っていた。

ところが野ウサギは、五メートルほど進んで振り返ったまま動かない。

「どうしたの？　巣穴に帰らないの？」

野ウサギはオリビアのほうに跳《は》ねて戻り、また少し進んで振り返る。

どうやらついてこいということらしく、夕方の営業時間まで余裕があったオリビアは、ロブを連れて野ウサギの道案内に従うことにした。

8　キフジンノヒヤク

野ウサギはオリビアがついてきているかを確認しながら進む。

ときどきこちらを振り返り、距離が開くと待っている。オリビアは今までウサギとは会話できたことがない。食べる、逃げる、子を殖《ふ》やす。その三つが心を占めているところがウサギとハリネズミは似ている。

だがこの野ウサギは心のやり取りができないまでも、何か考えはあるようだ。

店から三キロほど離れた場所まで来て、（そろそろ引き返さないとならないんだけど）とオリビアが思い始めた頃、野ウサギが止まってオリビアを見た。

「ここ？　あっ！　キフジンノヒヤクじゃないの！　これを教えてくれたの？」

キノコから野ウサギに目を向けると、もうそこに野ウサギの姿はなかった。

ウサギはオリビアが毎日キノコを採ってきてはキノコ梯子を作っている姿を、箱の中から見ていた。キノコが大好物な生き物と思ったのか。

「キノコは大好きだけど、これは……」

カサの直径が十センチほどの鮮やかな黄色のキノコは、店のテーブルほどの面積に円を描くように生えている。その円が三つもあった。昔はたくさん採れたらしいが、味の良さと効能の素晴らしさで乱獲されて激減したキノコで、オリビアも見るのは十年以上ぶりだ。

キフジンノヒヤクは、よく水に晒《さら》してから食べれば、バターのような香りのする美味しいキノコだ。しかし晒していないのを大量に食べれば、眠ったまま息絶える恐ろしいキノコでもある。

水に晒さずに少量食べれば、深い眠りを招き、スッキリと目が覚めるのでこう呼ばれるのだと祖母が言っていた。

「なんでそれが〝キフジンノヒヤク〟になるの？」

「ぐっすり眠ってお肌の調子を整えて、夫より早く起きて薄化粧をするのが貴婦人の嗜《たしな》みだからよ」

「お化粧なんてしないほうがお肌に優しいいんじゃないの？」

「いつかわかるわ」

懐かしい会話が思い出され、思わず頰《ほお》が緩む。

「フレディ薬草店に納めたら、喜ばれるかしら」

いつも快く休みをくれる夫の勤め先に、何かお礼をしたいと思っていたところだ。

近年人の目に触れることがなかったこのキノコなら、かなりの儲《もう》けになるだろう。オリビアは慎重にキノコを摘《っ》み始めた。

「来年も生えてきてね」

また生えることを期待して、一か所につき二本ずつ残してキノコを採った。

何も入れ物を持ってこなかったので、着ていたカーディガンを脱ぎ、広げた上にキノコを積み上げる。

帰りはずっしり重いキノコを抱えて帰ったので、薄手の毛糸のカーディガンは汚れて型崩れしてしまった。

「汚れは洗えばどうにかなるし、だめなら編み直す。このキノコは結構高値で売れるはずだから、よしとしましょう」


夜、アニーと帰ってきたアーサーに、ホクホク顔のオリビアが話しかける。

「アーサー、このキノコをフレディさんに渡してほしいの」

「依頼があったのかい？」

「ううん。贈り物。私の夫をどうぞよろしくっていう」

「気を遣わせたね。ありがとう」

そう言いながらアーサーはキフジンノヒヤクがたっぷり入ったスープを飲む。

「バターの香りがする」

「バターは少ししか使ってないの。それ、そのキノコの香りなのよ」

「へえ。フレディさんが喜ぶね」


そんな会話をした翌日。フレディ薬草店に着いたアーサーは、遅れて出勤してきたフレディに籠を差し出した。

「ん？　なんだい？」

「妻からです。『私の夫をどうぞよろしく』だそうです」

「雇い主相手に朝からのろけるんじゃないよ。どれどれ、何かなって、おいっ！」

「はい？」

「キフジンノヒヤクじゃないかっ！　しかもこんな大量に！」

フレディは籠を抱えて大慌てで控え室に移動する。そして籠に敷かれた布の四隅を持って静かにテーブルに置いて広げた。

しばらく黄色いキノコの小山を眺め、アーサーに声をかける。

「アーサー、今日はこれから出かけるから。お客様の対応をよろしく頼む。難しい注文は紙に控えておいて。『店主は急用で出かけております。戻り次第お届けします、代金はそのとき引き換えで』これで頼んだ」

「そのキノコ、何か問題が？　オリビアはフレディさんが喜ぶだろうって言ってましたけど」

「喜ぶ。喜ぶけどさ。説明は後で。鮮度が落ちないうちに届けなくちゃ」

そう言い残してフレディは店を飛び出した。


そのままその日も翌日も、翌々日もフレディは戻らず、アーサーとオリビアが本気で心配し始めた四日目の朝に、ようやく帰ってきた。

アーサーが店を開けてすぐ、疲れた顔で入ってきたフレディは、ドスッと音を立てて椅子に座った。

「ただいま、アーサー」

「お帰りなさい。奥様には事情をお話しておきましたが『フレディはどこへ行ったのかしら』と心配なさってましたよ」

「ああ、そうだったな。君にも説明していなかった。すまん、あまりに慌てていて」

「あのキノコ、王都まで届けたんですね？　懸賞金でもかかってました？」

「……ああ、さすが元傭兵。鋭《するど》いね。あれの代金、君たちと僕で半分ずつの山分けでいいかな」

「いや、俺たちはいりませんよ。プレゼントの代金をもらう人がどこにいるんですか」

「そうはいかないんだよ。もしかしたらオリビアに迷惑がかかるかもしれないし」

「え⁉」

フレディによると、あのキノコを使って患者が眠っている間に患部を切り取ろうという試みがあるのだそうだ。

先進的な取り組みに挑《いど》むのは城に勤める医師団で、使用量さえ見誤らなければ副作用がないあのキノコは大変に有用なのだとか。だが、残念なことにこの国では採り尽くされてしまい、市場に流通していない。

まだ豊富に採れる他国から乾燥したものを輸入しているが、乾燥させたものでは薬液を作っても効果が安定しないらしい。

「意識を失わせないと、切れないものですか？」

「みんながみんな傭兵みたいに痛みに強いわけじゃないからね。中には怪我や病気そのものではなく、痛みと恐怖で死ぬ人もいるんだよ」

「ああ、わかります」

「わかるのかい？」

「ええ。戦闘中は大怪我をしても痛みを感じない場合も多いんです。でも、いったん冷静になってから自分の怪我を確認して、（ああ、これはだめだな）って思った途端にその場で意識を失って、そのままあっという間に死ぬ人を何人も見ました」

「薬草店の主が言っちゃいけないんだろうけど、人間の身体ってさ、不思議だよね」

「ええ」

「で、これが代金。きっちり半分ずつだ」

フレディがジャラジャラッとテーブルに出したのは大銀貨が九十四枚。傭兵が四人で居酒屋で満腹するまで食べて大銀貨一枚くらいだから、九十四枚は大変な金額だ。

「キノコ一個につき大銀貨一枚だとさ」

「それはまた……」

「まだあるかって聞かれたんだけど」

「たぶんもうないです。オリビアは容赦《ようしゃ》なしに採りますから」

「生えてた場所は？」

「あの森はオリビアの庭ですから、覚えてると思います」

「ええと、アーサー、尾行《びこう》がついていないか、確認しながら帰ってくれる？」

「そこまでですか？」

「あちらはそんな雰囲気だったよ」

「気をつけますけど、俺は回り道しないでまっすぐ帰りたいですし、アニーじゃ追跡を振り切るのは全く無理です」

「すまん。金に目がくらんだ雇い主を許せ」

「そうじゃないでしょう？　フレディさんはどなたかの役に立ちたかったんじゃないですか？」

真顔で尋ねるアーサーに、フレディは苦笑した。

「本当のことを言い当てて年上の雇い主に恥ずかしい思いをさせないでくれよ。その通りだよ。

私の兄弟子《あにでし》が、これを喉から手が出るほど欲しがってたんだ。『お前の住んでいる土地で見つけたら、何をおいても持ってきてくれ』と頼まれてた」

「兄弟子思いのいい弟弟子ですね」

「やめなさいよ」

「そんな兄弟子思いのフレディさんを追跡しますかね」

「兄弟子の周りの人間の目の色がね、すごかったんだよ」

「ああ、なるほど」


アーサーはその日の帰り、マーローの繁華街で豚肉《ぶたにく》の塊《かたまり》とヤギ肉の塊、卵と糖蜜《とうみつ》を買った。

馬に乗った追跡者が一人いるのに気づいた。追跡者の馬は大柄な若いオス馬なのをさりげなく確認し、「やっぱりアニーじゃ無理だな」と諦めた。

「気にするな。普通にのんびり帰ろう」とアニーに話しかけ、まっすぐ『スープの森』に帰る。

その日のアニーの足取りは、いつもより少しだけ速かった。


「アニー、ごめん。余計なことを言って悪かった。機嫌を直してくれるかい？」

アーサーは帰宅してすぐにニンジンをアニーに与え、ご機嫌取りをした。アニーがちょっとイライラしているのを感じ取っていたのだ。

9　やきもちじゃなくて八つ当たり

「お帰りなさい、アーサー」

「ただいま、オリビア。肉を少し多めに買ってきた。店で使ってもらおうと思って」

「ありがとう。あら？　外にいる人は知り合い？」

「いや、違うけど。腹は空《す》かせてそうだな」

苦笑しながらアーサーがそう言うと、オリビアはスタスタと店を横切ってドアを開け、馬に乗ったまま店を眺めている男に声をかけた。

「いらっしゃいませ。キノコをたっぷり使ったスープ、いかがです？　オムレツも豚肉のローストも美味しいですよ」

「あっ、えっ、えっと、はい。食べたいです！」

男は三十歳くらいか。大柄な体格、明るい茶色の髪はクルクルと毛先がはねている。店内に入り、壁のメニューをしばらく眺めてから、本日のスープと付け合わせ多め、別皿でオムレツ、パン三枚を注文した。なかなかの食欲だ。

男はソワソワしながら料理を待ち、アーサーが一人で食事をしているのをチラチラ見ている。

アーサーは念のために客のふりをして、台所に近い席に座っている。

「お待たせしました。本日のスープと付け合わせ多め、オムレツにパンです」

自分の席に運ばれてきた料理を見て男は「わっ！」と喜び、スプーンを手にして大きな口でどんどん食べる。いい食べっぷりだ。

アーサーは心の中で（追跡者があれとは。フレディさんの兄弟子のところは、よほどその手の人手が足りないのかな）と苦笑する。


いつもなら閉店の時間なので、店内の客は追跡者の男一人。

食べ終わるのを見計らって、アーサーが話しかけた。

「キフジンノヒヤクを探すために俺を追跡してきたんでしょう？」

「あっ、いえ、あの、」

男はしどろもどろになって、目を泳がせている。

「追跡なんて慣れないことをして疲れたでしょうけど、残念ながらあのキノコを採ってきたのは俺じゃない。俺は頼まれて運んだだけですよ」

「そうなんですか。あのぉ、僕の追跡、バレてましたか。あっ、僕はビルといいます」

「あれは追跡とは言えないな。ただ後をくっついているだけだよ。俺はアーサーだ」

「うっ。そうですか」

そこまで言ってアーサーはオリビアを振り返った。

オリビアはビルの心の声を拾ってみたが、オロオロと慌てているだけ。悪意も敵意もなし。それを確認してからアーサーに笑顔でうなずいた。

「あれを採ってきたのは俺じゃないからキノコの場所を教えることはできない。悪いな。そして採ってきた人の名前も教えられない。どうする？　このまま帰るか？　それとも妻がここの森なら詳しいから明日の朝、三人で探してみるかい？」

「妻……。いいんですか？　僕、手ぶらで帰るわけにはいかなくて困っていたんです。僕の本職は薬師《くすし》で、追跡なんてしたことがないからって断ったんですけど、僕は一番下っ端《ぱ》だから。断り切れませんでした」

「そんなところだろうと思ったよ」

　さくらんぼのお茶を出しながら、オリビアが優しい顔で話に参加する。

「この辺りに宿はないから、うちの離れに泊まりませんか。一階はヤギが使ってますけど、二階は快適ですよ。シーツは清潔です」

「厚かましいのは承知ですが、そうお願いできたら大変助かります。ありがとうございます。初めて来た場所で夜道を進むのは正直自信がなかったんです。あっ、宿代はおいくらですか。手持ちにあまり余裕がなくて」

「ヤギの上ですからお代は不要です。安心して泊まってください」

「ありがとうございますっ！　助かります！　あと、このお茶、すごく美味しいです！」

ビルはガタガタッと音を立てて立ち上がり、深々と頭を下げた。

※・・・※・・・※

翌朝、出された朝食を平らげ、森に向かう間もビルは恐縮し続けている。

アーサーとオリビアは二人で同じような表情でそれを見ている。(憎めないヤツめ)という顔だ。

森の中を三人で移動していると、ロブがワフワフとはしゃぎながら三人の前になったり後ろになったりしながらついてくる。

オリビアは昨日会ったばかりの追跡者と一緒という、普段なら警戒しているであろう今の状況でも、緊張せずリラックスしていられる自分に気がついた。アーサーがいてくれるからだと思うと、何十回目かの温かい感謝を心に抱《いだ》く。

ビルが屈託《くったく》のない感じにオリビアに話しかけてきた。

「オリビアさんはキノコのこと、詳しいんですか?」

「そこそこは」

「誰に教わったんですか?」

「祖母に。祖母は薬師でしたので」

「へえ。マーレイ領の薬師だったんですね」

「いえ、薬師として働いていたのはお城です。マーガレットって名前はご存じないでしょうね。祖母とビルさんでは年齢がだいぶ違うから」

「マーガレットって、あのマーガレット様じゃないですよね？　ルイーズ王女と共に隣国に渡ったっていう伝説の」

「伝説かどうかはわかりませんが、そのマーガレットです」

「うわ」

そこからビルは更に恐縮した。オリビアは（おばあさんは私が思っていた以上に有名だったのね）と少し嬉しくなる。

歩きながらオリビアはどんどん薬草やキノコを採ってアーサーの背中の籠に入れる。それを見てビルも真似《まね》をして摘む。

「僕、いつも採取されて届けられたものを使っていましたけど、こうやって生えているのを見るのは勉強になります」

「そう言ってもらえると嬉しいです」

「オリビアさんは薬師なんですか？」

「いいえ。『スープの森』の店主です。それだけ。今摘んでいる薬草は近所の方が具合が悪いときに少し差し入れするだけです」

「もったいないですね」

「ふふ」

この前キフジンノヒヤクが生えていた場所に案内した。

「もう気づいたと思うけれど、あれを採ったのは私です。残しておいた分も採ってしまったら来年は生えてこないから、これは来年のために残しておきたいの。他にも近くにあるかもしれないと期待したけど、見つからないわね。来年もまた生えてきたら、またフレディさんに届けてもらいますよ。黙っていてごめんなさいね、ビルさん」

「いえっ、そんなことは！　尾行してきた怪《あや》しい男相手にここまでしていただけただけで、十分すぎるぐらいです」

ビルは相変わらず恐縮しながら言葉を続ける。

「この森は豊かですね。こんなにたくさん薬草が生えている。キノコだって、あれは見つからなかったけど、ほかの有用な種類がいっぱい見つかりましたから、満足です」

「そう。手ぶらで帰らずに済んでよかったですね」

「あのっ」

「はい？　なんでしょう」

「また来てもいいでしょうか」

「この森に？　『スープの森』に？」

「どっちもです」

「ええ、どうぞ。お待ちしています」

ビルは薬草とキノコを袋いっぱいに抱えてご機嫌で帰っていった。来年のキフジンノヒヤクを約束してもらえたのでホッとしたようだった。


一方、アーサーは不機嫌だ。

口数少なく出勤していき、帰ってからもあまりしゃべらない。

「アーサー、何か怒ってるの？」

「いや。別に」

「怒っているわよね？　心が漏れてきてる」

「君さ、」

「君？」

「オリビアはさ、不用心だよね。なんであいつにあんなに親切だったわけ？　勘違いされるよ？　男はね、ちょっと優しくされると『あれ？　この人、俺に気があるのかな？』って思う生き物だからね！」

「夫のあなたが後ろからついて歩いていたのに？」

「舞い上がっているときの男はそんなもんだよ。周りなんて見えちゃいないよ」

「舞い上がって……ビルは舞い上がっていなかったと思うけど」

「へえ」

　ワンッ！　とロブが吠《ほ》えて急いで二人の間に入る。尻尾を振りながらアーサーとオリビアの顔を交互に見上げる。

「ロブが心配してるわ。『喧嘩《けんか》？　喧嘩が始まったの？』って気を揉んでるわ。ごめんね、ロブ。喧嘩じゃないの。アーサーがおかしな焼きもちを焼いているのよ」

「もういいよ」

「あら」

　ぷりぷりしながら二階に上がっていくアーサーを見送って、オリビアは苦笑する。アーサーはいつも冷静沈着で、あまり心が漏れてこない。なのにさっきは『俺のオリビアなのに！』と心の中で何度も怒っていた。

「俺のオリビア、だって。ふふ。可愛い人よね、ロブ」

「ワンッ！」

「お前もそう思うのね」

『アーサー、いい人間！　オリビアと仲良し！』

「そうね、いい人間ね。明日の朝は、アーサーが好きな卵とじのグリーンピースのスープにしようかな。それでご機嫌を直してくれるといいわね」

「ワンッ！」

　オリビアは台所を片付け、たっぷりのお湯を沸かして髪を洗い、灯《あか》りを消して二階に上がった。アーサーはもう眠っているらしく、ランプも消えている。

　起こさないように静かにベッドに入り込み、アーサーに背中を向けて眠ろうとした。

「オリビア、ごめん」

「あら、起きていたの？」

「ごめん。八つ当たりした。だけど焼きもちではない」

「はいはい」

「オリビアが誰にでも優しすぎるから心配しただけだ」

「はいはい。ふふふ」

「なんだよ。なんで笑ってるのさ？　ちゃんと謝っているのに」

「私、きっと一生一人で生きていくと思っていたから。よかったな、と思って。こうして焼きもち焼いてくれる人がいるのが、不思議な気分だし、ありがたいなって思ったらつい」

「だから焼きもちじゃないって。八つ当たりはしたけど」

「はいはい。八つ当たりが何への八つ当たりなのか、よくわからないけど」

「……俺もわからないが」

ついにオリビアが笑い出してアーサーも笑い出す。

「あいつ、絶対来年も来るよ。いや、もしかしたらもっと早く来るかも。そしてまたオリビアに甘えるつもりだ。腹立たしい」

「そう言わないの。可愛い人だったじゃない」

「……」

月明かりだけのほの暗い中で、アーサーが天井《てんじょう》を向いたまま下唇《したくちびる》を突き出して変な顔をしている。オリビアが笑い出し、階下でその声を聞いたロブが頭を上げてピクリと耳を動かしたが、また目を閉じてしまう。

『アーサー、いい人間』

口をくちゃくちゃ動かし、ロブは満足して眠りに就《つ》いた。

アーサーが一緒に暮らすようになってから、オリビアの心から氷のように冷たいものが流れてこなくなった。ロブはそれをとても喜んでいる。

10　コマドリとランドル

「オリビア、カボチャを持ってきたよ。今年はカボチャが豊作だ。甘くてうまいぞ」

「ありがとうございます。ジョシュアさんの作るカボチャはとっても美味しいから楽しみです」


　このところ近所の農家から続々とカボチャが届く。

『カボチャは涼しい場所に保管して少し置いたほうが甘みが増すのよ』と祖母は言っていたが、オリビアは次々に届くカボチャの差し入れを傷めて無駄にしたりしないよう、収穫したてのカボチャも毎日少しずつ料理して使っている。

「へえ、これは蜂蜜《はちみつ》を使っているのかい？　甘い味付けもいいもんだな」

「これは私が思いつきで作ったんですけどね、祖父母も美味しいって言ってくれていました」

「マーガレットとジェンキンズはカボチャが好きだったな」

「ええ、『ジョシュアさんの作るカボチャは特別に甘くて美味しい』って、毎年この季節になると言っていました」

「うちの人はマーガレットたちの言葉を励みにしていたのよ。これからはオリビアが褒《ほ》めてやってね」

「もちろん！　毎年褒めちぎりますよ。ふふっ」

今日の日替わりは『丸鶏《まるどり》のスープ』だ

丸鶏のおなかを割《さ》いて葉玉ねぎの葉と月桂樹《げっけいじゅ》の葉を詰め、刻んだ玉ねぎとセロリ、隠し味にニンニクとショウガも塊で入れてある。スプーンで触ればホロリと鶏肉《とりにく》が崩れるまで煮込んだスープには、肉と骨の両方からダシが出ていて滋味深い。

鶏肉を崩しながら皿に盛りつけて配ると、店の中にいい香りが漂う。

添えられているカボチャは、フライパンに蓋をして、たっぷりのバターを使ってじっくり蒸し焼きしたもの。蜂蜜を多めに絡《から》めて最後に粗塩《あらじお》少々を振りかけてある。甘じょっぱい味が後を引く美味しさだ。

「カボチャは風邪《かぜ》知らずだと言われて育ったが、このスープとこのカボチャを食べたら本当に風邪なんかには負けない気がするよ」

「そう言えば王都では、たちの悪い風邪が流行《はや》っているそうですね。行商の方に教えてもらいました」

「そうなんだよ。熱と咳《せき》がひどいらしい。そうだオリビア、ついでに咳止めと熱冷ましを分けてくれるかい？　隣の奥さんがどうもその風邪をひいたらしいんだ」

「咳はどんな咳かしら」

「湿った咳だと言ってたな」
「じゃあ、三回分お渡ししますね」
「いつも悪いな」
「いえいえ」

帰り際に紙袋に入れた薬草茶の材料を手渡し、ドアの外までジョシュアとその妻を見送りながら庭に出ると、『ピィコロロロロロロ』という鈴の音のような澄《す》んだコマドリの鳴き声が聞こえた。

コマドリは鳴き声を聞くことがあっても姿はあまり見られない。しばらく前から『スープの森』の近くに棲《す》みついているようで、このところよく鳴き声を聞く。

あまり人目に触れる場所には出てこないコマドリだが、オリビアが小さな菜園を耕した後でスコップを地面に差したまま店に戻ると、掘り返された土を探って土の中の虫を食べていたりする。食べた後でスコップの上に止まって鳴いていることもあった。

オレンジ色の喉を震わせて鳴いている姿はとても愛らしい。たくさんの虫を食べてくれるありがたい小鳥だ。

『コマドリがいつまでもこの辺りにいる年は、悪い風邪が流行ることが多い』と祖母は言っていた。

マーレイ領は冬になると雪が積もる。その前にコマドリたちは雪が積もらない土地に飛んでいって冬を越すのだそうだ。

「コマドリがいつまでもいるのは冬の訪れが遅いからでしょう？　寒さが穏やかだと悪い風邪が流行るの？」

「そこがどう繋がるのか、はっきりしたことは私にはわからないのだけどね。昔から薬師の間ではそう言われているのよ。経験則ってことね」

「ふうん」

祖母との会話を思い出しながら、食器を洗う。

コマドリがまた鳴いていて、オリビアは思わず（悪い風邪が広まりませんように）と願った。


それから数日後、馬車に乗って来店したお客さんがオリビアに話しかけてきた。初めて来た人で、年齢は七十歳ぐらいだろうか。上品な雰囲気の、白髪の男性だ。

「あなたはマーガレットの身内だそうだね」

「はい。祖母をご存じなのですか？」

「祖母？　彼女は子を持たなかったはずだが」

「私は養子です。なのでマーガレットは正確には母ですが、祖母と呼ぶように躾《しつ》けられました」

「そうでしたか。私は彼女の古い知り合い、いや、後輩と言うべきだな。ランドルだ。よろしく」

「まあ。ではランドルさんは、お城の薬師様でいらっしゃるのでしょうか」

「ああそうだ。一度は引退したのだけれど、少々事情があって老体に鞭《むち》打って復職したのだよ。だが、それももう終わったのでね。こうしてここまで来ることができた」

なぜお城の薬師様がこの店に？　と思い、すぐにビルの顔が浮かんだ。

「もしかして、ビルさんからこの店のことを？」

「そうだ。マーガレットの身内が商売をしていると聞いてね。懐かしさで我慢できなかった。彼女の思い出話ができたらと思ったんだが」

「ありがとうございます。思い出していただいて、祖母が喜びます」


昼食の客たちが帰ってから、オリビアは『その後のマーガレット』についてランドルに話して聞かせた。

「そうか。ではアルシェ王国から帰国して、あなたを保護したんだね」

「はい。たくさんの愛情と共に大切に育てられました。祖父母にはどれだけ感謝してもしきれません」

「オリビア、薬草の知識は？　マーガットに何か教わったのかい？」

「はい。ひと通りは。ですが私は薬師の資格も持っていませんし、届けも出していません。近所の方が困っていれば薬湯《やくとう》の材料の差し入れをするくらいです」

「それはまた、どうして。理由を聞いてもいいかね？」

オリビアは曖昧《あいまい》に微笑みながら無難な答えを模索した。

『人の心が読めるから、病人と関わる薬師は心が耐えられないだろうと思った』とは言いたくない。

「答えにくいことだったかな？」

「いえ。このお店を維持するのに精いっぱいですので、どちらかひとつを選ぶなら薬師よりもスープの店がいいと思っただけです」

『ああ、もったいない。マーガレットの偉大な知識を受け継ぎながら、こんな不便な場所の食堂の店主で終わるなんて』

ランドルの心が流れ込んできた。それまでこの老人は一切心の内が漏れ出ていなかったから、よほど残念だったらしい。

「私は気楽な独り身でね。マーレイ領は穏やかな景色ながらも王都までそれほど遠くない。こんなに美味しい店もある。気に入ったよ。責任の重い仕事を終えた褒美《ほうび》にしばらくはマーローの街に滞在するつもりだ。また来させてもらうよ」

「ありがとうございます。昼休憩の時間は森に入っていることもありますが、それ以外はほとんど店におりますので。いつでも祖母の話のお相手をさせてください」

ランドルの目がキラリ、と光ったように見えた。

「森には何を採取にいくんだい？」

「いろいろです。薬草、キノコ、木の実、枯れ枝、なんでもありがたく森から受け取っています」

「ふむ。今日もこれから森へ？」

「決めてはいませんでしたが、もしお望みならば森をご案内しましょうか？」

「おお、そうか。ぜひ頼むよ。三日も馬車に乗り続けていたから、身体を動かしたいと思っていたところだ」

「では、すぐに準備をいたしますね」

オリビアはランドルの食器を片付け、肩掛けカバンに緊急時の薬草数種類、大判のハンカチ数枚、それと水筒二つを入れて店のドアの札を「外出中」にかけ替えた。

11　ニガミイモの木

ランドルと二人で森を歩く。ロブも一緒だ。

オリビアは最初こそランドルに配慮してゆっくり歩いていたが、すぐに配慮は無用と気がついた。ランドルは健脚で、逆にオリビアのほうが置いていかれそうになる。

「実に気持ちのいい森だ。そして豊かだね」

「ええ。祖母がこの土地を愛していたのも、この森や川の豊かさがあったからだと思います。あ、毒桃」

「なんだって。どこだい？　おお、たくさん落ちているな」

オリビアがカラカラに乾いた毒桃の実を拾い始めると、ランドルも負けじと拾う。

こんな事態を予想して布袋を二つ持ってきたのは大正解だ。ランドルは素早い動きで毒桃を拾ってはどんどん袋に入れていく。

「もう少し行くとニガミイモの木があります。お好きですか？」

「懐かしいな。ニガミイモは子どもの頃に母がよく団子《だんご》にして出してくれたよ。子どもの頃は苦いのが好きではなかったが、また食べてみたいものだ」

「では今夜はニガミイモ料理を作りましょうか？　それとも他にご予定が？」

「思い出のニガミイモ料理に勝てる予定なんてないよ」

陽気なランドルはご機嫌で「ニガミイモはどこだ」と催促する。オリビアは川のほうへと方向を変えて進む。

ニガミイモは名前こそ紛らわしいが芋ではなく、栄養を蓄えて肥大した木の根だ。日光が好きな木で、森が途切れた川の斜面に茂っている。光の少ない森の中では根が太く育たない。

「ランドルさんの育った地区でもニガミイモが生えているんですね」

「ああ。よく見かけたよ。私の故郷はここよりもっと南の農村地帯でね。薬師になりたいと言ったら親に泣かれたよ」

「まあ。薬師は尊敬される職業なのに」

「薬師は一人前になるまでに十年はかかる。それまでは住み込みで無給の下働きだからね。今は最初から賃金が支払われるが、私が少年の頃はそんな配慮はない時代だった。やっと働ける歳《とし》になった息子が稼げないなんて事態は、親にしてみれば論外だったのさ」

話しながらもランドルはキノコや薬草、食べられる野草をどんどん摘んでいる。

「母に泣かれて仕方なく実家の農業を手伝ったんだがね、諦めきれなかった。自分でもなぜあんなに薬師になることに執着したのかわからない。だが、『このままこの家にいたら、自分の心が死ぬ』とまで思い詰めた」

「そうでしたか」

「そして明日で二十歳《はたち》と言う日の夜、着替えを一着と小銭を持って家を出たよ。それから十三年たって、やっと親に金を渡せるようになった。勢い込んで実家に帰ったら、両親はもう亡くなっていた。家長になっていた弟に『今更どの面《つら》を下げて帰ってきた』って殴《なぐ》られた。何も抵抗せず、弟の気が済むまで殴られた。せめてもの贖罪《しょくざい》だな」

（私も実家から逃げて生きてきた。逃げなければ心が死ぬと思ったから）

「でも、そのときのランドルさんは家を出る以外、どうしようもなかったのですから。仕方ないのでは？　親のために子が自ら進んで犠牲《ぎせい》になるのは人間だけです。私はよくわかりません。子の犠牲を尊いという人は多いですが。私が親なら……」

言葉を途切れさせたオリビアを、ランドルはチラリと見たが、何も言わなかった。


「あちらの斜面にニガミイモの木がたくさん生えてますよ。ほら！　あの斜面全部です」

「これは驚いた。こんなに群生しているとは思わなかったよ」

日当たりのいい斜面に、ニガミイモの木がびっしりと生えている。この辺りではあまり食べる人がいないので殖え放題だ。人の手のひらのような形の葉っぱが茂っている。

「しまったな。ニガミイモを掘るなら道具を持ってくるべきだった」

「大丈夫ですよ。私の道具が隠してあります。重いから置きっぱなしにしてあるんです」

「なんと。まさに君の庭同然だね」

ロブが『泳いでもいい？　いい？　いいの？』と必死な顔で見上げるので、「いいわよ、泳いでおいで」と声をかける。オリビアの言葉を最後まで聞かずにロブは川に飛び込んだ。

ロブは、顔だけを水面から出して「ふんっ！　ふんっ！」と鼻息も荒く犬かきをしている。

オリビアは岩を積んで隠しておいたシャベルを取り出した。シャベルは丁寧に洗ってから拭いて、油紙で包んである。錆《さび》はない。

そのスコップでニガミイモの木の根元を掘る。何も言わなくてもランドルが木の枝をてこにして土から持ち上げる。オリビアがカバンからナイフを取り出し、紡錘形《ぼうすいけい》の根っこを切り取る。

まるで長年一緒に作業をしてきたかのように息の合った作業で、たちまちニガミイモの根っこが十五本集まった。

「このくらいにしておくか。欲張っては森の女神に叱られるな」

「はい。その言葉、懐かしいです。祖母がよく言っていました」

「私も薬草採取のときにマーガレットにそう注意されたんだ」

オリビアは「ロブ！　そろそろ帰るわよ！」と声をかけ、ニガミイモの根っこが入った布袋を抱えて歩き始める。すると木の枝の上にリスが三匹現れた。オリビアが栗《くり》やクルミを集めるときにお裾《すそ》分けをしていたのを覚えていたらしい。

（ランドルさんがいるのにリスが集まってきたら都合が悪いわね）と思い、心の中で『食べ物はない』と繰り返したが、声に出していないので上手く伝わらない。『逃げろ』とか『敵が来る』という強いメッセージは声に出さなくても伝わるのだが、それ以外は声に出さないと汲《く》み取ってもらえないことがほとんどだ。

気づくとあっちの枝にもこっちの枝にもリスがいて、オリビアを期待の眼差しで見ている。

「オリビア、君はリスの生まれ変わりかい？　さっきからリスが集まって君を見ているんだが」

「気づきましたか。実は栗やクルミを拾い集めるときに、お裾分けしていたんです。私のことを『食べ物をくれる人間』と思っているのかもしれませんね」

「ほぅ……」

ランドルが興味深そうな表情で隣を歩くオリビアを見る。居心地《いごこち》が悪い。

当たり障《さわ》りのない会話をしながら店に戻って、さっそくニガミイモの下処理を始める。ランドルがジッと見ている中、厚めに皮を剥《む》き、輪切りにして水に晒してから茹でた。

「その皮の部分だけを集めて煮詰めると、かなり強い毒ができるのは知っているかい？」

「毒？　アクが強いから厚く皮を剥きなさいとは教わりましたが。毒とは知りませんでした」

「二百年くらい前にはよく使われた毒だよ。そうか、マーガレットは教えなかったんだな」

茹でて潰《つぶ》して布で濾《こ》し、少しの小麦粉とこねる。オリビアがニガミイモを団子にするのを、マーガレットの薬草の本を読みながらランドルは楽しげに眺めている。

夕食の客も帰り、明日のためにニガミイモ団子をたっぷり茹で終わった頃、ランドルが「寒気がする」と言い始めた。額に手を当てると結構熱い。

「熱がありますね。今夜は二階に泊まってください。私が看病します」

「初めて会った君に手間をかけさせて本当に申し訳ない」

「具合が悪いときに、初めて会ったかどうかなんて関係ありません。私を頼ってくださいな」

ランドルの顔色が悪い。その上震えている。おそらくこれからもっと熱が上がるのだろう。

オリビアは走って森の氷室《ひむろ》に向かった。

（まだ少しだけ氷が残ってるはず！）

アーサーが帰宅する頃にはランドルの熱が上がり、頭痛と腹痛にも苦しんでいた。オリビアはその夜はずっと付き添った。『高齢者の熱は危険』と祖母が言っていたのを思い出す。

「湯冷ましを飲んでくださいね」

（もしかしたら王都で流行っている悪い風邪かもしれない）

オリビアはアーサーに「この部屋に近づかないように」と言い渡し、ランドルが寝ている部屋の窓を少しずつ開けた。

ここはかつてのオリビアの部屋だ。祖母は「流行り風邪の治療には綺麗な空気が必要」と言っていた。

額には氷水で濡らして絞った冷たい布を置き、寒いと言われればお湯を入れた瓶を布で何重にも包んで身体の脇《わき》に置いて温める。

「大丈夫です。すぐによくなりますよ」

食欲が全くないランドルに具のないチキンスープやキノコのスープ、ニガミイモ団子のスープを飲ませ、汗を吸った服を着替えさせる。咳が始まれば咳止めの湿布《しっぷ》を胸に貼《は》り、咳止めの薬湯を作って飲ませた。『スープの森』は臨時休業にした。

ランドルの熱が下がり、食欲が戻ったのは発熱から二日後。こじらせずに峠《とうげ》を越えることができたようだ。

ランドルは熱が下がり始めると、なぜか猛然と質問をし始めた。薬草のこと、病の対処法と予防法、怪我の手当てなどなど。

(これで病人の気が紛れるならお安い御用ね)と、オリビアは全ての質問に丁寧に答え続けた。

発熱から三日後、ランドルは体調が回復し、食欲も出てきた。ニガミイモ団子入りのカボチャのスープを堪能《たんのう》しながらランドルは何やら考え込んでいたが、翌日にはマーローの街に戻っていった。

馬車に乗ってもまだ、ランドルは「ありがとう。助かったよ」と繰り返し、一枚の紙をオリビアに手渡してくれた。

『オリビア・イーグルトン・ダリウは王城薬師と同等の知識を持つ者なり。責任を持って証言する。元王城薬師　ランドル・オベール』

受け取ったオリビアは、その書きつけの重要性を知らない。

12　王城の兵舎へ

マーレイ領の領都マーローには、オリビアの祖母マーガレットが根付かせた習慣がある。

『流行り風邪の病人を看病するのは一家に一人だけにすること』

『夏はもちろん、冬の寒い時期でも新鮮な空気を取り入れること』

『病人が触れたものは全て煮沸《しゃふつ》消毒するか蒸留酒で拭くこと』

貧しい生活をしている者にとっては煮沸に使う薪代《まきだい》も蒸留酒を使うことも負担になる。だがマーガレットは「家族が死ぬよりいい。生きていればまた働いて収入を得られる。目先の損得にとらわれて家族を死なせてはならない」と繰り返し訴え続けていた。

そして家計に余裕がない人のために、味よりも酒精の強さ最優先の酒をいろいろな店に常備させていた。フレディの店もそのひとつである。

そんなマーロー独特の決まり事のおかげだろうか、王都で流行り風邪が猛威を振るっていてもこの街はそこまで被害が広がらずに済んでいた。

『スープの森』も、ランドルが回復してからは普段と変わりなく営業を続け、客足もそう落ちていない。

だが、王都からやってきた商人たちの話では、王都の流行り風邪はとどまるところを知らない状況のようだった。

「困ったことにさ、お医者様や薬師様たちまでが流行り風邪で寝込んでいるらしいよ」

「まあ。お医者様まで？」

「お城の使用人たちも寝込んでいて、納品に行っても知らない顔の人が対応に出てきたな」

「そうでしたか」

「話は変わるが、このスープはうまいな。薬味は何を使っているんだい？」

「葉玉ねぎとかショウガとか。普段通りですよ。あっ、ニガミイモ団子の風味が汁に移っているかも」

「ニガミイモか。懐かしいな。最近は小麦が豊かに出回っているから食べなくなったなあ」

「飢饉《ききん》のときは先を争うようにして食べたものだと祖母に聞きましたが」

「ああ、そうだ。ニガミイモは暮らしが豊かになると消えていく食べ物ってことだな」

「そうかもしれませんね」

今日の日替わりは青菜と豚肉団子の塩味のスープ。ニガミイモ団子がちらほら入っている。ショウガと葉玉ねぎを山盛り入れているので塩だけでも物足りなさは感じず、飲んでいるうちに汗ばむほど内側から身体を温めてくれる。

ランドルはその後店に来ていない。オリビアは、（ランドルさんは薬師の仕事を引退したと言ってたけど、そんな状況なら、また駆り出されているのかしら）と客が帰ったテーブルを拭きながら思い出している。


アーサーが帰ってきて、流行り風邪の話になった。

「フレディさんの店では格安で蒸留酒を売っているんだけどね、酒好きが飲むために買ってしまわないよう、わざと苦い薬草を漬けこんでいるんだ。おかげで他の店では品切れになっても、うちの店はちゃんと必要な人の手に蒸留酒を渡せるんだよ」

「なるほど。それはいい考えね」

「このスープ、うまいなあ。肉団子の他に、もっちりしたものが入ってるね」

「ニガミイモのお団子よ。風味があって私は大好き」

アーサーは肉団子とニガミイモ団子のスープが気に入ったらしく、三杯も食べて「食べ過ぎた」と言いながら腹を撫《な》でている。暖炉《だんろ》には小さくした火が燃えていて、いつでもお茶が飲めるようお湯が沸いている。

「ランドルさんがいるときに掘ったのがきっかけでニガミイモ掘りが楽しくなってしまったの。大鍋に二杯分もニガミイモ団子を作ったわ。明日から手を替え品を替えして、スープに使うつもりよ」

「俺、オリビアが作るスープの中でも、このニガミイモ団子を使ったスープはかなり好きだよ」

「ニガミイモ団子、大量にあるからお好きなだけどうぞ」

「楽しみだ」


馬車の音がして、ロブが最初に駆け出していった。「こんな時間に誰かしら」と言うオリビアを制してアーサーが玄関に向かう。

来客と少しだけ会話して、険しい顔で台所に戻ってきた。

「王城からだ。オリビアに火急の用事だそうだ」

何事かとドアまで走り寄ると、疲れた顔の男が立っていた。

「オリビアさんですか」

「はい」

「王城から招集がかかっています。今すぐ私と一緒に王城に向かっていただきたい」

「まずは中へどうぞ。どういうことか事情を聞かせてください」

アーサーも話に加わり、事情を聞く。

「王城の薬師と医師が次々倒れまして。疲れた状態で患者と接しているうちに流行り風邪をもらってしまったのです。ぜひ王城に来て治療に協力していただきたい」

「私のことをなぜご存じなのでしょう」

「同じく招集されたランドル様のご指名です」

「ああ……。ですが、私は薬師の届け出もしていませんし、資格も持っていません」

「ランドル様が書きつけを残しているはずです。それがあれば問題ありません。ランドル様は薬師登録試験の総責任者ですので」

（あれか！　あの書きつけはこういう場合を想定して渡したのか！）とオリビアとアーサーは同時に納得して顔を見合わせた。

「非常事態ですので、どうぞ今すぐにでも王都に向かってください」

「今から、ですか。お断りできない状況だということはわかりました。参ります」


その夜のうちにオリビアは『スープの森』を出発した。大量のニガミイモ団子を持って。

「いつ帰ってこられるかわからないから、ニガミイモ団子は全部持っていくわ。あんなに手間をかけてここまで大量に作ったんだもの。腐らせてだめにするなんて耐えられない」

そう訴えるオリビアをアーサーが止められるはずもない。

招集にきた人物はエドガーと名乗り、ここまでの事情を説明しながら馬車は進む。

「王都では最初は平民の間に広がっていたのです。しかし現在はもう身分は関係ありません。マーレイ領での流行り風邪の状況はいかがです？」

「マーローはそこまでひどくはないと思います」

「何が違うのでしょうね」

「人が密集しているかどうか、ではないですか。流行り風邪は人から人へと広がるものですから」

　夜は宿に泊まり、日の出と同時に出発してからはエドガーとオリビアが交代で手綱《たづな》を持って王都を目指した。


　王都に着き、城に入った。驚いたことに門番も受付係も城内警備の者も全員がスカーフで鼻と口を覆っている。

「エドガーさん、あれは」

「ランドル様のご指示です。ランドル様は『病は鼻と口から入る』とお考えなのです」

「なるほど。では私も見習ってスカーフを使います」

「お願いします。城内ではそれが規則となっております」

　オリビアが案内されたのは兵士たちの宿舎だ。

　各部屋のベッドの上で、体格のいい患者たちが力なく咳き込んでいる。オリビアは白衣を着て動き回っている男性に歩み寄り、声をかけた。

「ランドル様に招集され、手助けに参りました。オリビアと申します。私は何をすれば？」

「ああ、あなたが。話はランドル様から聞いています。オリビアさんは重症の患者を巡回してください。重症者がいる部屋には赤い布が入り口にかけられています。必要な薬は医務室に準備してあります。全て自由にお使いください」

「わかりました」

オリビアはすぐさま患者の間を走り回り、状態を見て湿布をしたり飲み薬を作って配ったりし続けた。食事をするのも忘れて働いていたが、ランドルがやってきて「休め」と言う。

「ですが、こうも重症の人が多いと……」

「疲労は病を呼び込む。休みなさい。君までが患者になったら困る」

「そうでしたね。わかりました」

そこでハッと思い出したのは、馬車に積んできたたくさんのニガミイモ団子だ。大量に持ってきた団子は無事だろうか、と走って自分の荷物に駆けつけ、クンクンとにおいを嗅ぐ。

「よかった！　大丈夫そう。これ、スープに入れてもらえるかな」

調理場に持っていって厨房《ちゅうぼう》の責任者に試食をしてもらった。許可が出てニガミイモ団子はスープに放り込まれた。アツアツのニガミイモ団子入りチキンスープは、疲れた身体に染み渡る美味しさだった。

他の医師、薬師、助手の面々もそれぞれ手が空いた人からスープを飲む。重症者にはその汁だけを。軽症者には具も。大量のニガミイモ団子はわずか一回で使い切られた。

その夜から兵舎の病人たちの熱が下がり始めた。走り回っていた医師や薬師がそれに気づいたのは翌朝だ。

「昨夜は久しぶりに横になれた。みんな峠を越したのかな」

「そうかもな。よかったよかった」

「お尋ねしたいことがあります！」

会話に割って入ってきたのは三十歳少し手前くらいの白衣の男性だ。

「あれ？　ユリス先生ではありませんか。何を尋ねたいんです？」

「私が担当している侍女《じじょ》たちは、峠なんて越していません。重症者が急に減ったのはここだけだ。侍女たちが集められている宿舎は相変わらずひどい状況です。もしや兵士にだけいい薬が使われたのではありませんか？　侍女たちだって命が危ない者が何人もいるんです。薬に余裕があるのなら、こっちにも回してください！」

血相《けっそう》を変えてそう訴えられ、兵舎で働いていた医師たちがぽかんとした顔になった。すぐに兵舎で働いていた若手の医師が反論した。

「ユリス先生、こちらだってそんな薬は使っていません。我々は今使える薬と薬湯だけで乗り切ったのです。兵士は体力があるので、その差ではありませんか？」

「体力に差があっても、今までは重症患者の発生率はほぼ同じだったではありませんか！　なのに昨日から急にこちらの患者が回復し始めている。おかしいですよ！」

「そう言われましても」

皆が困っていると、近くのベッドから声がかけられた。

「昨日のスープ」

「はい？」

ニガミイモ団子をやや強引にスープの鍋に放り込んだオリビアが慌てて振り返った。声をかけてきた兵士が考え考え皆に説明する。

「昨日、少し苦みのある団子のスープが出ましたよね。食べたことがない味の団子でしたが、あれを食べてしばらくしたら急に熱が下がり、身体が楽になりました。あの苦みは薬の苦みかと思ってましたが。薬入りの団子を食べたから熱が急に下がったのかと。違うんですか？」

「ほら！　やっぱり」

「違います。あれは私が作ったニガミイモ団子で、薬ではありません。苦みはニガミイモ本来の風味なんです」

ユリスがオリビアに詰め寄る。

「なんです？　そのニガミイモとは。それはどんな効果のある薬草なんです？」

「いえ、そんな薬効《やっこう》はないと思います。昔から食べられている木の根ですから」

「まだそのニガミイモ団子とやらは残っていますか？」

「私が持ち込んだお団子ですから、私が行って聞いてきます」

「僕も行きます」


兵舎に料理を出している調理場。料理人は、飛び込んできたオリビアとユリスに驚いている。

「昨日のスープでしたらまだ少し残っていますが、団子は煮崩れてしまってもう……」

「それでもいい、分けてほしい」

「はいはい。どうぞ」

ユリスが大鍋に残っていたスープを小鍋に移し、

「だめで元々だ。これを重症の侍女たちに飲ませてきます！」

そう言ってユリス医師は調理場を後にした。

13　ニガミイモ採取隊

ニガミイモ団子が煮崩れているスープは、五人の高熱を出している侍女たちに配られた。野菜も肉も団子もとろけてしまって、濃厚なポタージュのようになったスープ。咳き込みながらそれを侍女たちが飲む。しんどそうに飲む者もいれば、ゴクゴクと一気に飲む者もいる。

「静かに寝ているように。一時間ごとに熱を測りにきます」

ユリス医師の言葉に弱々しくうなずきながら、患者たちは再びベッドに横になった。


オリビアも一時間ごとに同行して体温の変化を記録した紙を見ていたが、三時間ほどして全員の熱が下がり始めた。五時間後には微熱程度になり、八時間後には全員が平熱になった。

「なんでかしら。これほどの効果があるなんて聞いたこともないわ。ニガミイモは昔から食べられているんだもの、何かしらの言い伝えくらいあってもよさそうなのに」

「その解明は後回しだ。まずは患者のためにニガミイモを手に入れたい。生えている場所の地図を書いてくれるかい？」

「ユリスさん、私が案内します。わかりにくい場所ですし、ニガミイモの木を知らなければ見つけられないかもしれませんから」

「そうか。兵舎の患者たちは山場を越えたようだから、君がいなくても大丈夫そうだな。……わかった、君に道案内を頼もう」

「お任せください」


たちまち『ニガミイモ採取隊』が結成され、病に侵されていない軍人、植物学者、庭師の一行《いっこう》が出発した。オリビアは若い軍人と二人乗りだ。

「オリビアさん、少々急ぎます。しっかりつかまっていてください」

ニガミイモ採取隊はできる限り急いでオリビアの馴染《なじ》みの森を目指した。


『スープの森』に到着すると、アーサーが慌てて店から飛び出してきた。疲れてヨロヨロと馬から下りたオリビアは、アーサーに抱きとめられた。

「オリビア！　大丈夫か？　この人たちは？」

「アーサー、皆さんはニガミイモの根を採りにきたの。あれが流行り風邪に効《き》いたのよ。私はこれから案内に行くの」

「ひどい顔色だよ。場所を言ってくれれば俺が案内するよ」

「いいえ。あの木が枯れないように根の掘り方を説明しなきゃ。きっとニガミイモはこの先も必要とされるはずだもの。乱暴に掘って枯らしたくないの。私が掘り方と切り方を教えなきゃ」

「わかった。じゃあ俺も同行するよ。一緒にアニーに乗ってくれ。さあ、行こう」

店にあるスコップや籠を総動員して、ニガミイモ採取隊はアーサーとオリビアの乗るアニーを先頭に進む。川にぶつかり、しばらく川上へ。

「皆さん、あの斜面に生えているのが全部ニガミイモです。根を全部掘ってしまうと枯れるので、一本の木から二本までにして根を切り取ってください」

「オリビアさん、私ら庭師に任せてください。草木のことなら専門です。木を枯らさないよう、気をつけますから」

「私は植物学者です。生育環境をこの目で見たいと思って同行してきたんです。あの木に合う環境をしっかり確認して、王都でも育ててみせますよ」

そこまでにこやかに会話していたオリビアは、そっと近くの岩に腰を下ろす。すぐにアーサーが心配して話しかけてきた。

「大丈夫か？　かなり疲れているようだな」

「仕事や移動で疲れたのもあるんだけど、働いている間中ずっと声が聞こえてきて……」

「病人の心の声か？」

「ええ。なるべく聞かないようにしていたけれど、弱っている患者さんの心がむき出しで。『死にたくない』『苦しい、助けて』『お母さん助けて』とかね。みんなの心の叫びが絶え間なく聞こえるし、心の声がとても切羽詰まっていて……」

それを聞き取ったことを知られるわけにいかず、聞いたところでできることもないのがオリビアを消耗させていた。

オリビアは重症患者が心の中で叫んでいる声を延々と聞き続けながら働いていた。何度も（こんな能力をなぜ神様は私に）と泣きたくなりつつも、笑顔で働いていたのだ。


オリビアは疲れていたが再び立ち上がり、土を崩して根をむき出しにされたニガミイモの木に近寄った。皆に切り取り方を実演して見せる。全員が真剣にそれを見つめる。

「よし、わかった。オリビアさん、あとは俺たちがやるから。もう家で寝てくれていいぞ」

「では掘り終わるまでに下処理の方法を紙に書いておきます。根の皮には有毒な成分があるそうなので、間違えたら大変ですから」

「頼んだ！」

オリビアはいつでも持ち歩いている肩掛けカバンから紙とペンを取り出し、誰が読んでも間違えないよう、丁寧に下処理の方法を書いた。

今回はわざわざ団子にする必要はないので、皮を剥いて水に晒し、ざく切りにして柔らかく茹でる方法にした。アーサーが隣でそのメモ書きを真剣に見ている。皮に毒性があることはしっかり書き添えた。

「よし。これで大丈夫。安全に下処理できるはずよ」

ニガミイモの根は百本近く集められ、採取隊は王城に戻ることになった。

オリビアもヨロヨロと一緒に隊と行動しようとしたが、制止されてしまった。

「オリビアさん、君はここで解散だ。かなり顔色が悪いよ。あとは僕たちに任せてくれ。あと、これは君の分のニガミイモだ」

「ありがとうございます。ユリスさん、ではお言葉に甘えて家に帰ります。皆さんお気をつけて」

「病人の世話もニガミイモのこともありがとう。とても助かった。じゃ！」

ニガミイモ採取隊が土煙を上げて去っていく。彼らを見送り、夫婦は家を目指した。


『スープの森』にたどり着き、お湯で身体の汚れを落とそうとして、オリビアは自分が熱を出していることに気がついた。

「アーサー。私、流行り風邪をもらってしまったみたい。うつるといけないから私に近寄らないで。私は部屋にこもるから、あなたは仕事に行って」

アーサーは一瞬動きを止めたが、自分が為《な》すべきことの優先順位をすぐに決めた。

「いや、今日は仕事を休む。店は俺がいなくても回る。フレディさんには後で連絡を入れるさ」

「わかったわ。でも、二人で寝込んだら大変だから、とにかく私に近寄らないでね」

「わかったわかった。まずは寝てくれ」

「ええ。そうします」

そう言ってオリビアはよろよろと階段を上がり、独身時代の自分の部屋に入った。すでにめまいがするし寒気もする。

「動けるうちに熱が上がったときの用意をしなくちゃ」

着替えを揃えて枕元《まくらもと》に置き、吐き気が始まった場合に備えてバケツを置く。ノックの音がしたので、「アーサー、飲み水と身体を冷やすのに使う水を運んでくれる？」と声をかけた。鈍《にぶ》い頭痛も始まりつつある。

「さあ、来い。ニガミイモならあるわよ！　って、ああ、あれは下処理が必要だった……」

ニガミイモスープは諦めて、のろのろとベッドに潜《もぐ》り込む。王城ではろくに寝ないで看病していた上に移動した疲れもどっと出てきた。目を閉じるとすぐに泥沼に引きずり込まれるように眠りに落ちた。


眠りながら寒気でガタガタ震えているとき、アーサーが部屋に入ってきたような気がする。しかしハッと目を覚ましたときにはもう、アーサーはいなかった。

（うう、喉が痛い。頭も痛い。身体の節々《ふしぶし》が痛い。ああ、痛い、つらい、苦しい）

そこまで心で愚痴《ぐち》をこぼしてハッとした。

（兵士たちもこんな心の声をあふれさせていた。だったら私は優しく声をかけて励ますだけでも少しは気休めになったんじゃないの？　心を塞《ふさ》いでただニコニコしているだけじゃなくて！

ああ、もう、私の馬鹿！）

　顔まで布団《ふとん》をかけてから寝間着がサラサラしているのに気がついた。いつの間にか着替えさせてもらっている。少ししてアーサーが様子を見にきてくれた。

「アーサー、ありがとう。一人だったらどれだけ心細かったか」

「そうだろう？　俺がいるから安心して眠ってくれ」

「あっ、同じ部屋にいたらあなたに風邪をうつしちゃう」

「大丈夫。君に教わった通り、窓は少しずつ開けてある。もう少しでニガミイモスープができるから、それまで寝ているといい」

　口を利《き》くのもしんどくて、コクコクとうなずいてまた眠りに落ちた。朦朧《もうろう》としている最中に上半身を起こされて、ほんのり温かいスープを飲んだ気がする。額を冷やす布も何度か替えてもらったような。全ての記憶が曖昧なまま、オリビアは浅く眠り続けた。

　途中、アーサーが手を握って何かを話しかけてくれたような気がしたが、それも夢なのか現実なのか、はっきりしない。アーサーは心の中で何度も同じ言葉を繰り返していたように思う。

（俺からもう家族を奪わないでください。お願いします、お願いします。神様、オリビアを助けてください）

　悲痛な感情をあふれさせながら祈るアーサーに「私なら大丈夫よ」と言ってやりたいのに、

声を出す元気がなかった。ひたすらだるくて眠い。眠っては起き、起きては眠る。そのうち、だんだん身体が楽になってくるのを感じた。


次に目覚めたとき、頭痛は消えていて、呼吸も楽だった。

「アーサー、私、流行り風邪を乗り越えたみたい」

そう話しかけたが返事がない。見るとアーサーはベッドの脇に椅子を運び、座って腕組みしたまま眠っていた。

ベッド脇の小さなテーブルにはスープの器《うつわ》。ざく切りのニガミイモが皿の底に残っている。

「私のメモを読んでいるなと思ってたけど、面倒な下処理をちゃんとしてくれたのね。ありがとう、アーサー。私、あなたをひとりぼっちになんかしないわよ」

そっと手を伸ばして、アーサーの膝《ひざ》に手を置いた。

オリビアは久しぶりに金色の鹿が言っていた『本物のツガイ』という言葉を思い出した。

「せっかく本物のツガイに出会えたんだもの。あなたを残して先に死んだりするもんですか」

オリビアは「よいしょ」とベッドに起き上がり、力の入らない脚を床に下ろした。そしてアーサーにそっと毛布をかけた。

「私の大切なツガイ」

そう小声で言って、大柄なアーサーの肩をそっと抱きしめた。

14　アーサーが恐れること

「オリビア、何をしてるの？」

「スプレーマムが咲《さ》き終わったから、『ありがとうね』ってお礼を言いながら肥料を与えているの」

「それ、スプレーマムっていうんだ？」

「ええ。可愛いわよね。私、これのフリッターが好きだったのに、今年は食べ損ねちゃった」

「え？　食べられるの？」

「食べられるわよ。毒がなければ植物は基本なんでも食べられると思うけど」

ナイフの手入れをしていたアーサーが手を止めてオリビアを見る。オリビアが子供を諭すような口調でもう一度繰り返した。

「毒がなければ食べられます」

「俺は何も言ってないが」

「ほんとかよって顔をしていたから。スプレーマムは、お花も葉っぱも衣をつけて揚げて、お塩で食べると美味しいです」

アーサーは（それは衣と油が美味しいのでは？）と思うが、黙っている。そしてナイフの手入れを再開した。大きな意見の食い違いがなければ黙って聞く。基本、無口な男なのだ。

そんなアーサーを見ながらオリビアは（そうね、久しぶりに揚げ物を作ろうかな）と考えた。


その日アーサーが出勤した後で、オリビアはロブを連れて川へ向かった。川魚は衣をつけて揚げたら美味しい食材の代表だ。餌は庭で捕まえたミミズがたっぷりある。足取りが楽しげなロブと川に到着し、釣《つ》り針を投げる。

浮きを眺めていると、カワセミが向こう岸の枝から川に飛び込み、小魚を咥えて枝に止まって飲み込んだ。金属的な光を放つ青い背中は、とても目立つ。

（カワセミを見た日は得した気分になるのはなぜだろう）とオリビアは口角を上げながら考える。


マスを三匹釣ったところで、『小さな心配』の気配に気がついた。

それは獣が何かに気を揉んでいる感情だった。

『たいへん』『逃げよう』『あぶない』

どこからだろう、何が危ないのだろうと、オリビアはそっと辺りを見回した。視野を広く保ち、目の焦点はあえて合わせず、ぼんやりと周囲の景色を眺める。動くものがあればわかるようにゆっくりと目を動かした。

（あ、いた）

川の向こう岸に茶色の獣。目の焦点を合わせると、カワウソだった。

カワウソは川上を何度も振り返りながら斜面を登っていく。川上から何かが来るらしい。

（熊だったら危ないわね。今頃は冬眠に備えて猛烈に食べる時期だもの。今日はもう帰りましょう）

急いで釣り竿《ざお》を分解し、祖父の手作りの筒《つつ》にしまう。

少し迷ってから小声で「ロブ！　帰るわよ」と呼びかけ、戻ってきたロブと少し歩いたところで振り返り、その姿を見つけた。人間よりずっと大きな茶色の塊。熊だ。

相手は風上。まだオリビアに気づいていない。

（風向きが変わる前に逃げなければ）

オリビアはロブに向かって「吠えないで」と命じる。

ロブはすでに熊に気づいて、背中の毛を逆立てている。

川原の石を踏んで音を立てないよう、そっとそっと熊から離れるように移動する。「走って追いかけられたら速さでは敵《かな》わない」と散々祖父母に言われていた。息を殺すようにして移動し続け、もういいだろうというところまで来てから「はぁぁ」と息を吐いた。

「ロブ、いい子だったわね」

「ワン！」

「お利口だったから、家に帰ったらご褒美をあげようね」

「ワン！」

そこから先は早足で家に向かい、ロブには豚肉の赤身を茹でたのを与えた。


オリビアは熊と出会ったことをアーサーには言わないつもりだった。心配をかけるだけだし、冬まで川に行かなければいい。

だから、マスを揚げながら（今日の熊は大きかったな）とうっかり思い浮かべたのは、本当に油断していたせいだ。

テーブルに熱々のフリッターの皿を並べ、いつもなら大喜びするアーサーが黙って食べているときも（あら？　美味しくない？　揚げ物の気分じゃなかったのかな）と思うくらいで、お客さんから聞いた話をした。

「この辺りは流行り風邪の被害が少なくてよかったわ。でもね、来年からはニガイモを少しずつ集めておいて、いつでも使えるように粉にして保存しておこうと思うの」

「そう」

「アーサー？　どうかした？　具合でも悪い？」

「食べ終わってから話す」

「……うん」

それからは二人とも黙ったまま夕食を終え、二人でお皿を洗い、食器棚にしまった。

「オリビア、座って」

「はい」

何事かと思いながらアーサーの向かいに座ると、アーサーは深呼吸をしてから話し始めた。

「オリビア、熊と鉢合わせしたこと、なんで何も言ってくれないの？」

「あっ……」

「冬眠前の腹を空かせた熊がいるから川には行かないようにって、俺、言ったはずだよね？」

「鉢合わせじゃないの、離れた場所にいるのに気がついて、見つかる前に逃げてきたわ」

「はぁぁぁ」とため息をついてアーサーは険しい顔でオリビアを見る。

「たまたま君が先に気づいたから無事だったけど、熊のほうが先に気づくこともあるかもしれないよね？」

「ええ……そうね」

「襲われたらどうするの？　熊がどれほど速く走るか、君、知ってる？　俺が全力で走ったってすぐに追いつかれる速さだよ？」

「ええ」

「木に登ったって熊も登ってくるよ？」

「ごめんなさい、アーサー。もう一人では行かないようにするわ」

「前もそう言った！」

「……はい」

「俺はね、俺は……もう家族の墓穴《はかあな》なんか掘りたくないんだよ！」

バン！　とテーブルを叩《たた》くアーサーは怒りのやり場がない様子。ロブが驚いて「キューキュー」と鼻を鳴らし尻尾を小刻みに横に振りながら、アーサーを上目遣いで見る。

『ごめんなさい、怒らせましたか？』とロブが謝っているのが切なくて、オリビアはロブに「大丈夫よ。あなたを怒っているんじゃないわ」と話しかけて頭を撫でた。

そのまま立ち上がり、アーサーの隣に立つ。

そっとアーサーの肩に腕を回し、自分の頭をアーサーの頭にくっつけた。

アーサーから濁流《だくりゅう》のようにいろいろな感情が流れ込んでくる。悲しみや不安、寂しさもあるが、ほとんどはオリビアを失うことへの恐怖だ。

「ごめんなさい。子供の頃から季節を問わずに釣りをしていたものだから。うっかりしていたわ。もう同じことはしないから。本当にごめんなさい」

「マスのフリッターはうまかったよ」

「うん」

「怒りながら食べたから、味がよくわからなくてもったいないことをした」

「うん」

「次の休みは俺が付き添うから。どうしても釣りをしたかったら、俺の休みに行こう」

「うん。でも熊が冬眠するまでは我慢するわ」

「そうしてくれると助かる。テーブルを叩いて悪かった」

「いいの。約束を破って隠し事をした私が悪かったわ」


しばらくそのままの格好でじっとしていると、冷静さを取り戻したアーサーがオリビアのウエストに腕を回して引き寄せ、膝に座らせると、オリビアの肩に頭を乗せる。

「傭兵をしていた頃にさ、熊と鉢合わせしたことがあるんだ。ちょうど今ぐらいの季節だった。互いに見合って、俺はそのまま後退《あとずさ》りしたかったんだけど」

「うん」

「仲間が恐怖に駆られて剣で襲いかかったんだ」

「まあ……」

「熊は斬《き》りつけられて、興奮して反撃してきてさ。そこからはもう、戦争のようだったよ。結果、傭兵が三人も殺された」

「……」

「戦うのが仕事の傭兵がだよ」

「うん」

「熊はあの太い前肢とゴツい爪《つめ》で引き裂《さ》くんだ。首をやられたら出血多量で死ぬ。腹をやられれば腹が裂けて苦しみながら死ぬ。俺はそれ以来、熊が本当に恐ろしい。君は獣の感情がわかるけど、彼らを制御できるわけじゃないんだよね？」

「ええ」

「あまり心配させないでよ。俺の寿命が縮む」

「それは困ります。ごめんなさい」

「君と二人で長生きしたいんだ」

「うん」

「よし、この話はもう終わりだ。さくらんぼのお茶が飲みたいから、俺が淹れるよ」

「私の分も」

「おう。任せてくれ」

二人の雰囲気が和《やわ》らいだのを見届けて、ロブはゆっくり自分用のベッドに戻っていった。

アーサーの淹れたお茶を飲みながら、オリビアは（こんなに叱られたのはいつ以来かな）と考える。

覚えている限り、養子になってからは一度もない。オリビアは聞き分けのいい子供だったたし、祖父母はほとんど興奮することがない人たちだったからだ。

穏やかな祖父母たちの愛情は本当にありがたかった。だが、心配のあまりに我を忘れて怒ってくれるアーサーの愛情もまた、ありがたいと思う。

彼に申し訳なくて、ありがたくて、オリビアは叱られて感謝するという経験を初めてした。


翌日、久しぶりに食事にきたルイーズにその話をしたところ、ルイーズは慈《いつく》しむような表情でオリビアを見た。

「幸せね。心から相手を案じて怒ってくれる人に、一生のうちに何人出会えることか」

「ええ」

「そういえば、王都でのあなたの活躍を聞きました。偉かったわね」

「いいえ、ニガミイモの効果に気づいてくれたのは病気の軍人さんです。私は何も」

「それでもニガミイモを持ち込んだあなたの運の強さに感心するわ。マーガレットに聞かせてあげたかった」

「きっと見ていてくれましたよ」

「そうね。そんな気がするわね」

ルイーズは「何か困ったことがあったら私に相談してね」と言って帰っていった。

15 ララ・ルフォールの訪問

昼食の片付けを終えて、夕食の下ごしらえをしようかという午後。

『スープの森』に小型の質素な馬車に乗った少女が訪れた。

少女は一人で馬車を操り、上手に庭の端に馬車を停《と》めた。スカートのシワを気にしながら歩いてくる姿をガラス越しに見て、オリビアはドアへと急いだ。


「こんにちは。こちらにオリビア様はいらっしゃいますか？」

「オリビアは私です。私に何かご用でしょうか？」

「初めまして。わたくし、ララ・ルフォールと申します。歳は十五歳ですので、もう少しで成人になります」

栗色の髪を高い位置でひとつにまとめた少女は、活発な感じに挨拶をした。

「オリビア様が伝説の薬師マーガレット様の知識を受け継いでいらっしゃると聞きました。私も薬師を目指しております。どうか私をオリビア様の弟子にしてくださいませ」

「弟子……ですか。ララさんはどちらからいらっしゃったのでしょう」

「王都からです。一人で馬車を操ってきました」

「王都からお一人で。大変でしたね。まずはこちらにどうぞ」

席を勧めながらさりげなく相手を見る。少女の身なりはそこそこ上等なのに貴族という雰囲気がない。（裕福な商人の家の娘さんかしら）と思いながら、リンゴのお茶を淹れた。

「美味しい！　甘いリンゴの香りがしますね」

「干したリンゴの果肉と皮を加えてあります。それで、先ほどのお話ですけれど。私は弟子を取っていません。そもそも薬師として働いていないのです。遠いところを来てくださったのにお役に立てず、申し訳ありません」

「やはりそうでしたか。ランドル様にも『きっと断られるぞ』と言われていたんです」

「ランドル様のお知り合いでしたか」

ララがあまりにしょんぼりした顔になったので、オリビアは居心地が悪い。

「私の知識は、祖母が遺してくれた記録を読んで頭に入れているだけなんです。それを書き写されてはいかがです？」

「いいのですか？　貴重な資料なのでしょう？」

「構いません。祖母の知識がララさんの手によって役に立つのなら、祖母も喜びます。ですが、書き写すだけでも大変ですよ。たくさんありますから」

「それは、何日もかかりそうでしょうか？」

「ええ。朝から晩まで書き写し続けたとしても三日や四日では終わらないかと」

「そうですよね、マーガレット先生の生涯をかけた記録ですものね」

そこでオリビアは肝心なことを聞くのを忘れていたことに気づいた。

「ご両親はララさんがここに来ていることはご存じなのですよね？」

「いいえ、私、家を追い出されたんです。理由は私だけ兄弟の中で母親が違うから。頼りの父が亡くなりまして、義母に『もうお前を養う義務はない。馬車をくれてやるからさっさと出ていけ』と言い渡されました。でもおかげで、やっと自分の夢に向かい合うことができます。今の私の唯一の財産はあの馬車と馬で、恥ずかしながらあまり懐《ふところ》に余裕がありません。馬小屋の片隅で十分なので、資料を書き写す間だけでも私を泊めていただけませんか？」

さっきまで『断固お断りする』側に傾いていたオリビアの決心が、ガンッ！　と音を立てるような勢いで『この少女を助けてあげたい』側に傾いた。

「そうでしたか。うちの裏手に離れがあるんです。一階はヤギが住んでいるので少々ヤギの声と物音はしますが、二階は清潔です。そこに泊まりませんか？」

「よろしいのですか？　助かります！　ありがとうございます、オリビア様！」

「どうぞ、様はつけずにオリビアと」

「ではオリビアさん。よろしくお願いします」

「わかりました。ララさん、ではゆっくり書き写してくださいね」

祖母の遺してくれた資料と筆記用具一式を手渡して、オリビアは夕食の支度に入った。

今夜はカラカラのカチカチになるまで干して保存しておいた栗、同じく干したキノコを使ってシチューを作る。たっぷりの玉ねぎ、ニンジン、干しておいたセロリなどをひたひたの水で弱火にかけた。火が通ったらチキンスープと塩を入れて煮込んでいく。

スープを煮ている間に自作のベーコンと豆の炒め物を作る。

ベーコンから出た脂《あぶら》で豆を炒めているときにふと振り返ると、ララがうっとりした顔で台所に漂う料理の匂いを嗅いでいる。

(あっ、もしかして)

急いで大きな丸パンを薄く切り、バターと野苺のジャムを塗る。ジャムはオリビアが夏の間に森で野苺を摘んで煮たものだ。

「夕食まで、これでおなかを繋いでおいてくださいね」

「いいんですか。ありがとうございます!」

最初は遠慮しながら食べていたララだったが、途中から夢中になってパンを食べ始めた。無防備になった心が漏れ伝わってくる。

『美味しい、美味しい、美味しい』

ああ、可哀想《かわいそう》なことをした、とオリビアは彼女の空腹に早く気づかなかったことを申し訳なく思う。おそらくお金もろくに持たされずに追い出され、ここまでの食費も節約したのだろう。

(どんな事情があるにせよ、この子の義母はこの年齢の少女を追い出して、良心の呵責《かしゃく》を感じないのだろうか。それにしても、なさぬ仲の娘を追い出すのに馬車を与えるって、ちょっと不思議。そんな親なら着の身着のままで追い出しそうなものだけど)

「家を出ていけという割に、馬車は与えてくれたんですね」

「あの馬車と馬は、父が遺言状で書き残してくれたものです。でも父はもっと遺してくれると言っていたのですが、書類は書き換えられていました。仕方がないです。あのままあの家にいたら、それはそれで地獄ですから。追い出してくれてありがとうってところです」

「ララさんは強いのね」

「強いというより、慣れでしょうか。実の母は元々使用人だったので、私も働けるようになった六歳からはずっと働いていました。使用人は賃金をもらえますが、私と母は働いても賃金はもらえなくて。父が生きていた頃は必要なものは手に入りましたが、母も父も亡くなったらもう、散々でした。この服も亡くなった母のもので、一着だけ残っていた、というか取られないように隠しておいたものです。えへへ」

口の端にジャムをつけたまま笑うララを見て、オリビアの保護本能が全開になった。

「ララさん、書き写す間だけと言わずに、好きなだけうちにいればいいわ。私も生まれ育った家から逃げ出してここで助けてもらったの」

「まあ。そうなんですか？」

「ええ。そして大切に育ててもらったんです。だから今度は私があなたを守って育てます」

「あっ、いえ、私はもう十分育っていますけど」

「もっともっと肉をつけないと。ララさんはずいぶん痩せているもの。私が食べ物をたっぷり食べさせて……」

「ふふ。オリビアさん、ありがとうございます。私、働くのは嫌いじゃないので、お店の仕事でも掃除でも、なんでも手伝わせてください。合間にこの資料を書き写しますので」

「のんびりしたらいいのに」

「いえ。働くのは得意ですからご心配なく」


ララの言葉に嘘《うそ》はなく、彼女はその日から熱心に働いた。

「おや、オリビア、新人さんを雇ったのかい？」

「はい」

常連にそう声をかけられれば笑顔で返した。そしてララとオリビアは互いに顔を見合わせて笑う。若い女性と会話することがあまりなかったオリビアだが、ララが相手だと緊張せずに笑えることが嬉しい。

（この人の言葉には嘘がない）

動物と嘘がない人間にならなら緊張せずに対応できる。逆に言えば嘘がある人間にはまともに対応できない自分がいる。

自分はいつまでも心と言葉が違う人間が怖いのに、ララはひどい扱いを受けたのに人間を怖がらない。

（ほんの少しずつでもララさんみたいな強い人に近づきたい）

オリビアは自分よりも十歳も歳下のララの強さと明るさが眩《まぶ》しい。わずか数時間一緒にいただけで、オリビアはララをとても気に入ってしまった。


夜に帰宅したアーサーは、見知らぬ少女とオリビアが姉妹のように仲がいいのに面食《めんく》らった。

「アーサー、今日から離れで暮らしてもらうことになったララさんよ」

「……そう。オリビア、ちょっといいか？」

台所に入り、アーサーが声を潜めて尋ねてきた。

「あの少女は大丈夫なの？」

「悪意はないから大丈夫。お父様が亡くなってお義母様《かあさま》に追い出されたんだそうよ。薬師を目指しているっていうから、祖母の資料を書き写す間だけでも面倒を見てあげたいの。いい？」

「君がそんなに気に入ったのなら俺は別に反対はしないよ。心に嘘がない人ってことだろう？

よかったね」

「ええ！　可愛い妹みたいで嬉しいの」

アーサーはオリビアが幸せならそれでいい。


その夜は干し栗と干しキノコと野菜のスープ。付け合わせはベーコンと豆の炒め物。それとバターつきパン。お茶はリンゴ味のお茶。

ロブもララにすぐ懐《なつ》いた。

こうして『スープの森』にララがしばらく滞在することになった。

16　ララ・ルフォールの悩み

『スープの森』の離れ、ヤギ小屋の二階で生活するようになり、ララは毎日が幸せだ。

まずおなかいっぱい美味しい食事が食べられる。

店主であり家主でもあるオリビアは優しい。その夫のアーサーも優しい。大きな黒犬のロブは賢くて人懐っこい。

「こんな生活があったのね」

ルフォール伯爵家の一員でありながら、物心ついてからずっと使用人として生きてきたララには、この家と店が天国のように思える。


「それにしても、オリビアさんは働き者だわ。なんであんなに元気なのかしら」

ララは身体の丈夫さには自信があったが、オリビアの働きっぷりには敵わない。オリビアが日の出と同時に起きているのは知っている。日の出の少し後に、かまどの煙と共に美味しそうな匂いが離れまで漂ってくるのだ。

最近ではその美味しそうな匂いでおなかが空いて目が覚めるようになった。

そして夜は、ララのいる離れより先に母屋の灯りが消えることはない。

ララが起きて母屋に行くと、オリビアは必ず「まだ寝ていていいのよ」と笑いかけてくれる。そんなわけにはいかない、世話になっているのだから働かなくてはと思うが、オリビアはなかなか働かせてくれない。

今朝も手早くお茶を淹れてくれて、「さあ、目覚めの一杯をどうぞ。朝ごはんまではまだ時間があるから。干し栗でも食べる？」と小皿に丸っこいものを二つ載せて出してくれた。

この歳まで干し栗というものを食べたことがなかったララは、一見クルミのようにシワシワで硬そうな栗を見て、（どうやって食べるんだろう）と考え込んだ。

「あら。干し栗は食べたことがなかった？」

「はい。初めてです」

「口の中に入れて、飴玉《あめだま》を舐《な》めるようにして待つの。じんわりじんわり味がしてくるわよ。私は水で戻してスープにも使うわ。干し栗のほうが味が濃いから好きっていうお客さんも多いの」

指で摘《つま》んでカチカチの栗を口に入れ、お茶をひと口含む。

最初はなんの味もしなかったが、そのうち口の中にゆっくりと濃い甘みと栗の味が広がった。噛《か》もうとしてもとても歯が立たない。だけど美味しい味は次第に濃くなっていく。

「甘い」

「甘いでしょう。茹でてから干すだけの簡単な保存食なのに、美味しいのよ」

「へえ……」

　実家にいた頃は、食事は家族が食べた後で他の使用人と一緒に残ったものを食べていた。お茶をのんびり飲むなんてあり得ず、喉が渇けば水を飲むのが当たり前だった。

　自分のためにお湯を沸かしてお茶なんて飲んだら、間違いなく「薪を無駄遣いするな」と義母に罵声《ばせい》を浴びせられただろう。

　それがここに来てからは全く違う。

　自分のために淹れられたお茶、自分のために差し出されるスープ。自分のために用意された温かく清潔なベッド。自分に向けられる優しい笑顔と言葉。

　ララは甘い干し栗を舐めながら、何も考えずに思ったことをそのまま言葉に出した。

「オリビアさん、世の中にはこんな暮らしがあったんですね。これが人間らしい普通の暮らしなのだとしたら、私は十五年間人間じゃなかったのかも」

　大きな鍋をかき混ぜていたオリビアが動きを止めた。そして困ったような顔で振り返る。口がへの字で鼻の頭が赤い。

「え？　え？　やだ、どうかしましたか？」

「ララ、あなたは人間よ。今は私の大切なお客様。ううん。本当のことを言ったら歳の離れた妹みたいに思っているわ。人間じゃなかったなんて、そんなことは絶対に思っちゃだめ」

「ええ、そうですよね。やだやだ、オリビアさん、どうして泣くの？」

オリビアはへの字にした唇を噛んで、目に涙を盛り上げている。

「ちょっとね、昔の自分を思い出しちゃった。もう自分の過去を思い出しても涙は出ないのに、ララがそんな思いをしていたのかと思うと、いたたまれない。悔しい。私がもっと早くあなたに出会えていたら、そんな思いは絶対にさせなかったのに。私が引き取ってここで守って育てたのに」

話しているうちにポタリとオリビアの目から涙が落ちる。

ララは慌てて立ち上がり、オリビアの隣に立った。背中をさすってもいいのだろうかと迷う。実家ではうっかり家族の身体に触れようものなら、「触らないで！」と叱られた。

「オリビアさん、背中をさすってもいいですか？」

「うん」

ララが遠慮しながらそっと背中をさする。

「ありがとう。十歳も歳下なのに、ララのほうがよっぽどお姉さんみたいね」

「私が母屋の兄や姉に意地悪されて泣いていると、母はこうやって慰《なぐさ》めてくれました。ただ背中をさすってくれるだけなのに、つらさを忘れてしまうのが不思議でした」

「そう……。ララにはお母さんとのいい思い出がたくさんあるのね」

「はい。母は大人しそうに見えて強い人でした。風邪をこじらせて亡くなりましたけど」

オリビアは一度ギュッとララを抱きしめてから、再びかまどに向かう。そして背中を向けたまま話し始めた。

「私の両親は私に意地悪をしたわけではないの。大切に育ててくれたのは覚えてる。ただ、お客さんが来ると、私は部屋から出てはいけないという決まりがあってね。みんなの笑い声や話し声に耳を澄ませながら一人で部屋にいるのがね……。小さい頃からそうだったから、当時はそれが普通だと思っていたけれど、本当は寂しかったのよ。この家に来て祖父母と暮らすようになってからそれに気がついたわ。私、ずっと寂しかったんだなって」

「ご両親はなんでそんなことを？」

「私、変なことを言う子だったから。頭がおかしいと思われていたの。きっと両親は私のことが恥ずかしくて、隠しておきたかったのね。本当は頭がおかしかったわけじゃなかったんだけど」

「ええ？　頭がおかしいって、そんなわけないじゃないですか」

「うん。いつかララにも話せる日が来るといいんだけど」

オリビアはそこまで言うと、口を閉じてスープを混ぜ始めた。

それ以上は質問してはいけない気がして、ララはまた椅子に座る。口の中に、濃厚な甘い栗の味が満ちている。

優しくて穏やかなオリビアに、そんな過去があったことが信じられなかった。それは絶対に親のほうがおかしいと腹立たしく思う。

怒りと共に干し栗を噛む。最初はカチカチだった栗がホロッと砕けて、砂糖で煮たお菓子のように甘く美味しい。

（砂糖で煮たお菓子は新年の夜に食べるだけだったけど、あれよりこの干し栗のほうがずっと美味しい。この家は美味しい食べ物が毎日登場する。この家にいさせてもらえる間に、料理を覚えたい。薬草の知識も身につけたい。でも、いつまでここにいられるんだろう。いつまでなら、邪魔だと思われずに済むんだろう）

（オリビアさんは優しい人だから、きっと出ていけとは言わない）

だからこそ邪魔だと思われる前にこの家を出なければ、と思う。

（いつまでも甘えて居座ってはダメ）

この家にいたい、でも厚かましいことをして嫌われたくない。二つの思いに揺れ動く。

ララが誰にも相談できず悩んでいるときに限って、オリビアが何か言いたそうな顔でララを見る。何を言いたいのか気になるが、ララは「なんでしょう？」と聞けずにいる。

「なんでしょう？」と尋ねてオリビアの口から「ララはいつまでここにいるの？」と聞き返されたらと思うと怖くて尋ねられない。

そんなある日、ランドルが『スープの森』にやってきた。

「ああ、やっぱりここにいたか。お前さんがルフォール家を出たと聞いて、そうだろうとは思っていたが。ララはこの店の話を聞いてからずっと、ここに来たいと言っていたからな」

「どうしても薬師になりたくて。今、毎日少しずつマーガレット様の記録簿を書き写させてもらっているんです」

「そうかそうか。オリビアさんや、私に日替わりスープを頼むよ。パンは一枚で」

「かしこまりました。ララ、ランドルさんのお相手をしていてね」

「私も仕事をしますよ」

「いいのいいの。今のあなたの仕事はランドルさんとおしゃべりすることよ」

「そうですか。では。お向かいいいですか？　ランドルさん」

「いいとも。座りたまえ」

　スープとパンが二人分並べられて、恐縮しながら食べるララに、ランドルが思いがけない話をし始めた。

「お前さん、城の薬師の下働きをしないかね。やっと下働きに空きができた。賃金はわずかだが、勉強になるぞ」

「えっ」

この家に来たばかりの頃なら、大喜びしたであろう薬師の下働き。

だが今はこの家を離れがたい。もっとオリビアのそばにいたい。こんな天国みたいな暮らしを手離すのは早すぎる、と慌てる。

「なんだ。嬉しくないのか」

「嬉しいです。だけど、ここを離れるのが……ちょっと寂しくて」

「なるほど。ここは居心地が良さそうだからなぁ。だが、お前さんの父親はお前さんのことを案じていたぞ。自分がいなくなっても生きていけるように、知識と技術を持たせたいと言っていた」


背後に人の気配がして振り向くと、オリビアが何とも言えない顔で立っていた。

「どうしました？　オリビアさん」

「ララ、ここを出ていくの？」

「出ていきたくはないですけど、いつまでもこちらに居候《いそうろう》するわけにもいきませんから」

ララとオリビアのやり取りを聞いて、ランドルが二度三度と小さくうなずき、返事を促《うなが》す。

「下働きを希望する者は他にもいる。モタモタしていると誰かが先に就職してしまうだろう」

「そうですよね。それはわかります」

「口を挟んで申し訳ありませんがランドルさん、下働きは薬師試験を受けるときに有利になりますか？」

「いや、それは関係ないな。試験は平等だ。薬師になるには薬草と病気に関する知識が基準を満たさなくてはならん」

「それは祖母が遺してくれた資料で足りますか？」

そう言ってオリビアは、祖母の書き残した資料を持ってきてランドルに見せた。ランドルは資料のページをめくって内容を確かめた。

「これを全部覚えたら合格するさ。間違いない」

「ララ、聞いた？　あなたがここにいたいのなら、好きなだけいていいの。ここで暮らしながら、祖母が書き残した資料をゆっくり覚えればいい。それとね、私はあなたを居候だなんて思ってないわ。大切な妹よ」

「オリビアさん……」

ララは（やっぱりここは天国みたいな場所だ）と思った。

17　猫のダル

ララは当分の間、離れで暮らすことに決まった。

「オリビアがそうしたいなら、そうすればいいよ。俺は君がしたいようにしてくれればいい」

「ありがとうアーサー。ララは薬草と病気のことだけじゃなくて、料理も覚えたいらしいわ」

「すっかり君に懐いたようだな」

「私もララが妹みたいで可愛くって」


二人は今、庭のベンチに座っている。

目と鼻の先にはハリネズミがいて、鼻と前肢で土を掘っては土の中の虫を食べている。このハリネズミは以前に子ハリネズミを連れてきていた母親だ。

『うまっ　うまうまっ』

雪が積もるようになると、この国のハリネズミは冬眠する。今のうちにたっぷり食べて脂肪《しぼう》をつけるため、ただひたすら食べることに集中しているハリネズミ。それをオリビアがそっと手のひらに乗せて眺める。

ハリネズミはキョロキョロしてからオリビアを見上げ、『虫　ない』とつぶやく。ご機嫌だった感情は悲しい気持ちへと急降下だ。

「ごめんごめん。さあ、ゆっくり食べて」

ハリネズミを菜園の土の上に戻し、今度はアーサーと二人で餌台の野鳥たちを眺める。

六羽のスズメがせわしなく野菜くずやパンくず、火を通した豚の脂身を食べている。豚の脂身は、野鳥たちに人気が高い。

近くの枝にシジュウカラがとまっていて、スズメたちが食べ終わるのをずっと待っている。

野の鳥たちが餌台で餌を食べる順番には厳密な決まりがある。数や体格で立場の強い者が優先だ。立場の弱い者は順番が回ってくるのをひたすら待つ。強い鳥の割り込みは当たり前だ。

（シジュウカラの順番がくるまでに餌がなくなったら、何かを足してやろう）と思いながらオリビアは話し始めた。

「ララが『ここに来る前の自分は人間じゃなかったのかも』って言うのを聞いて、思わず涙が出たわ。私を保護してくれて育ててくれた祖父母の気持ちが少しわかった気がするの。赤の他人の私をあんなに可愛がって愛を注いでくれたのは、今の私みたいな気持ちだったのかもね」

それを聞いたアーサーは、初めてさくらんぼのお茶を飲んだときのことをくっきりと思い出した。

「俺は自分で望んで傭兵になったからララとは事情が違うけど、ララの気持ちがわかる気がするよ。俺はさくらんぼのお茶の作り方を聞いたときに、『この世にはこんな心豊かな暮らし方があるんだ』って、衝撃を受けたな」

「そうなの？　初めて聞いたような」

「落ちてきたさくらんぼを集めて干して、茶葉に混ぜてお茶を飲む。俺にとっては夢のように豊かな暮らしだ。オリビアには言ってなかったかも。俺はいつも言葉が足りないな」

「いいのいいの。あなたの全てを知る必要はないもの」

少し驚いた顔をしたアーサーが、餌台からオリビアへと視線を動かした。

「あなたがどんな人でどんな過去があったとしても、私は今のあなたが好きだわ」

「……ううう、俺はお返しにそういう気の利いたことを言えそうにない」

「ふふふ。それもいいの。そういう口下手なあなたが好きよ」


アーサーの灰色の髪は、店に来たときはかなり短かったが、今はずいぶん伸びた。その灰色の髪を両手でガシガシとかき回し、アーサーは困ったような嬉しいような顔をしている。ぐしゃぐしゃになったその髪を笑いながら整えるオリビアは幸せだ。

『ツガイだ』

「ん？　誰かしら」

「どうした？　何か聞こえたのか？」

「ええ、今、『ツガイだ』って。きっと近くから私たちを見ているはず」

二人で周囲を見回すが、これといった動物が見当たらない。

「どこかしら」

『ここだよ』

「どこにいるの？　お顔が見たいわ」

『ここだよ』

「んんー？　どこ？」

「オリビア、こいつかな？」

アーサーが馬小屋の脇にかがみ込んでいる。

『みつかった』

「どれどれ？」

『ツガイ　きた　なかよし　ツガイ』

馬小屋の脇の日当たりがいい石の上。白黒の猫がいた。左目が閉じたままになっている。

「こんにちは。目は怪我したの？」

『ずっと　こう』

「そうなの。あなたのおうちはどこ？」

『おうち　ない』

この辺に野良猫《のらねこ》はいなかったはず。どういうことだろうと猫の記憶を探った。猫はたまたま食べ物をくれた男性に懐き、馬車に乗って移動していた。だが男性はこの猫にそれほど関心がなかったらしい。

遊びに出かけた猫を探すことも待つこともなく移動してしまったようだ。

猫は何日間も街道を歩き続け、草むらで眠り、ここまで来た。今はひどく腹を空かせている。


「おうちがないなら、うちの子になる？　犬とヤギがいるけど」

『あったかい？　ごはん　ある？』

「暖かいわよ。ごはんもある。でも、うちの子になるなら一度体を洗わせてね」

『あらう　イヤ』

「だってあなた、あちこちにダニがついてる。そのままでは家に入れられないわ。体を洗ったら、鶏肉を食べさせてあげる」

『ニク！　ニク！』

白黒の猫は急に大きな声でミャウミャウ鳴き出した。

「よし、じゃあ、ぬるま湯を用意するから。洗わせてね」

『あらう　イヤ！』

イヤと言いながらも逃げない猫を抱き上げ、アーサーに

「井戸のところまでかまどのお湯を持ってきて。石鹸《せっけん》も。あと、ダニに塗る薬草液も！」

と頼む。アーサーは「了解」と答えて店に入り、すぐにお湯を運んできた。

外で猫を洗う。あちこちに食いついているダニをさっさと抜き取りたいが、そのまま引っ張るとダニの頭が残ってしまう。虫が嫌がる薬草液をダニに塗り、嫌がったダニが動き始めたらどんどん抜き取るのがコツだ。それは祖母から教わっている。

それを見たアーサーがかまどから燃えている薪を一本持ってきて、抜き取ったダニを次々焼いて始末する。自作の薬草液は、森のほとりで暮らすオリビアの必需品だ。

石鹸で洗い、ぬるま湯で何度もすすぎ、乾いた布で拭く。汚れていた猫は、いい匂いのふわふわな猫に変身した。

『ニク　うまー　ニク！　うまい　ニク！』

猫はムッチャムッチャと音を立てながら、茹でた鶏肉を食べている。それを見ていたロブが『いいなあ　ニク　食べたいなあ　ニク』と考えている。笑いながらロブにも少し与える。

猫はロブが近寄ると背中の毛を逆立てていたが、ロブに敵意がないことを知ると鶏肉に集中した。

鶏肉を食べ終わり、顔を洗い始めた猫を撫でながら、オリビアがロブに話しかける。

「ロブ、この猫に優しくしてあげてね」

『ネコ　仲間？』

「そうよ。ロブの仲間になったの」

『ネコ　仲間　守る』

「ありがとう。ロブは本当にいい子ね」

ロブは褒められると口を開けて笑った。


今日はララがマーローの街まで出かけている。

アーサーが休みだと知った途端に「買い出し係を引き受けます」と言って自分の馬車でマーローに出かけていった。気を遣っているのか、街を見たかったのか。両方かもしれない。

オリビアはふわふわになった猫を抱いて、ヤギたちにも挨拶に離れに連れていく。

「この子が今日から家族になったの。よろしくね」

『ネコ　キライー』『ネコ　キライー』

「ピート、そんなこと言わないでよ。ペペが真似するじゃないの。猫がいるとネズミがここに来なくなるのに」

ネズミが嫌いなピートは『ネコ　いい　ゆるす』といきなり態度を変えた。ペペはなんでもピートの真似をするから、これで安心だ。

猫を抱いて庭のベンチに座る。背中を撫でると猫はゴロゴロと喉を鳴らした。

「あなたの名前、何がいいかしらね」

『ブチ　コロン　チビ　ダル　ディーテ』

猫の心に、名前とセットで人間の顔が浮かんでくる。あちこちの家でいろいろな人からいろいろな名前で呼ばれて、食べ物をもらっていたらしい。

「ダル、はどうかしら」

『ダル　おじいさん　ダル　さかな』

ダルと呼んでいたおじいさんは魚をくれたようだ。それはどこだろうか。湖の近くか、はるか遠くの海辺の町だろうか。猫の中にある記憶ではそこまではわからない。

「ダル、お店と台所に入るのはだめ。わかる？」

『だめ　なんで？』

「猫が苦手な人もいるし、料理に毛が入るとお客さんが来なくなっちゃう」

『オキャク　こない　だめ？』

「お客さんが来なくなったら、あなたにお肉を食べさせられなくなるわ」

『ニク　ない　イヤ』

「いやよね。だから二階と、階段と、庭で遊んでね」

『ここ　庭　好き』

「いいなあ、便利だなあ。俺も犬や猫としゃべりたいよ」

オリビアの言葉から会話の内容を推測しながら聞いていたアーサーは羨《うらや》ましがっている。

ダルは二階の窓際《まどぎわ》に毛布を敷いてもらい、眠り始めた。

庭の餌台では、シジュウカラの順番がやっときた。オリビアはシジュウカラのために刻んだ干しブルーベリーをそっと追加した。

18　アーサーの心の底

ララは買い出しから戻ってダルを見るなり「猫ちゃんっ！」と叫んで抱きしめようとした。

『コワイー　コワイー』とダルは素早く逃げる。

「ララ、ダルが怖がってる。静かにそっとね」

「すみません。私、猫と暮らすのが夢だったもので。ダルって名前なんですか？　うわぁ嬉しい！　猫だわぁ」

『コワイ　ウルサイ　ウルサイ　コワイ』

ダルはうるさい人間が怖いらしい。

ララが歩いているダルの背中に触ろうとすると、ダルは背中をしならせて逃げる。簡単には触らせるつもりがないようだ。そしてオリビアの脚にスリリィと体を擦《こす》りつける。

「もう、私にだけ冷たいなあ、ダル」

がっかりするララは、オリビアが料理する様子を全部メモに書き取っている。

オリビアは祖母に「天気や季節、食材の状態によって最良の味付けは変わる。メモを取るよりも自分の舌で味を覚えなさい」と言われた。だが、ララにはやりたいようにやらせている。

二人で料理をしていたら、スズメのチュンが窓枠にとまった。

「久しぶりね、チュン。元気でよかったわ」

『雨　いっぱい！　いっぱい！』

「あら……あんまり大雨になるようなら、うちにおいで。馬小屋でもヤギ小屋でもいいから。お友達も連れてきていいわよ」

チュンは返事をせずにそのまま飛び去ってしまった。

「オリビアさん？　大雨って？」

「あの子は私が育てたから、なんとなくあの子の様子で雨が降るかどうかわかるのよ。大雨になるような気がするわ」

空気は重く湿気《しっけ》が立ち込めている。アーサーは雨が降る前に帰ってこられるだろうか、と心配だ。昼を食べにきた客たちには「かなり降るみたいですよ」と知らせて回った。客たちは
「助かるよ」

「今日のうちに明日の分まで野菜を収穫しておくか」

「出かけるのは雨が通り過ぎてからにしよう」

などと言って、食べ終わるといつもより早く帰っていった。

夕方になり、雨が降り出した。雨脚はまだそこまで強くないが、真っ黒な雨雲の厚みが不気

味だ。

秋本番の雨は冷たい。野の獣、野の鳥は濡れずに過ごせる場所があるのだろうか、と窓の外を見ながら思う。

そのうち、屋根や庇《ひさし》に当たる雨の音がドドドドと強くなった。アーサーはまだ帰ってこない。窓から外を見ていると、ダルがまたスリリィと顔と体をオリビアの脚に擦りつけてくる。

『ツガイ　こない』

「帰ってこないわね。心配してくれてありがとう、ダル」

『雨　きらい』

「濡れるのは嫌よね。って、あれ？　お店に入らないって約束したでしょう？」

『人間　いない』

「うーん、そうだけど。わかった、じゃあ、お客が帰った後の夜は入ってもいいことにしようか。でも、ここでカッカカッカはしないでね」

カッカカッカとは肢で体をかくこと。オリビアが手でその動作をして見せていると、店の隅で勉強をしていたララが「オリビアさんは猫の真似が上手だわ」と感心している。

雨脚は強まり、外の景色が白く煙《けむ》って見えるようになった。オリビアが本気で心配し始めた頃、やっとアーサーがアニーに乗って帰ってきた。

「大変、ずぶ濡れね。冷えたでしょう」

「ああ、途中で具合が悪そうな人を拾って家まで送ったんだよ」

「それはお疲れ様。すぐに着替えて。私はアニーを拭いてくる」

「オリビアさん、アニーは私がやります。オリビアさんはアーサーさんを！」

「ありがとう、ララ。じゃあそうさせてもらうわね」

「なんだか寒いな。頭も痛いんだ」

　無言でアーサーの話を聞きながら、今朝、アーサーがいつも以上に寡黙だったことを思い出した。あのときにはもう体調が悪かったのかもしれない。

　アーサーは「食欲がないから夕食はいい」と言って二階へ上がっていく。その背中に普段の元気が全く見られない。

（これは風邪っぽいわね）と思ったオリビアは、店の札を「閉店」に替えた。

「ララ、申し訳ないけど、今日は薬師のお勉強を店でしてくれる？　この雨の中、万が一でも雨宿りする人がいたら、必ず入れてあげてね。私はアーサーに付き添っているから、人が来たら私に声をかけて」

「わかりました。アーサーさんの具合はどうですか」

「風邪だと思う。こじらせないで治るといいんだけど」

　ダルは台所の隅のロブのベッドで眠っている。ロブも慣れてきて、ダルを踏まないように気をつけながら自分もベッドに入った。犬と猫が抱き合うように眠っている姿を見て、ララはほっこりした気分で勉強を始めた。

二階の部屋ではアーサーの熱が上がり始めていた。夜が深くなるにつれて熱が上がっていく。顔は赤く呼吸が荒い。

祖母は『身体は病を追い出すために熱を出すの。だから熱を下げるのは様子を見ながらよ』と言っていた。

オリビアはアーサーの胸に炎症を抑える湿布を貼り、身体を温めるショウガのスープを作った。温めたスープと薬草茶を持って二階に上がると、アーサーが熱で潤《うる》んだ目をしてオリビアに呼びかけた。

「オリビア」

「はい。何か欲しいものはない？　してほしいことは？」

「頭痛を抑える薬をくれるか？　頭が割れそうに痛いんだ」

「わかったわ。つらいわね」

「オリビア」

「はい」

「今しか言う勇気がないから、今、言っておくね」

「なあに？」

「俺に何かあってこの世からいなくなったら」

「アーサー？　何を言ってるの？　あなたのはただの風邪よ？」

「それでも聞いてくれ。もし俺が先に旅立つことがあったら、泣き暮らすようなことだけはやめてくれ。いい人を見つけて再婚して、笑って暮らしてくれ」

熱に浮かされていると、人の心は乱れる。普段は理性が幾重《いくえ》にも本音を包み隠しているのに、その理性が緩んで本音が出てしまう。元気なときなら絶対に言わないであろうアーサーの言葉を聞いて、オリビアは死と隣《とな》り合わせで生きてきた彼の傭兵時代を思いやる。

（アーサーはそんなことを心の奥で考えていたのか）

生きるために傭兵をしなくてはならなかったアーサー。彼を癒《い》やしたいと心から願う。

「わかったわ。あなたがそう望むのならそうします。でもね、私は灰色の髪で剣の腕が立って、大工仕事が得意で、さくらんぼのお茶と私が作ったベーコンが好きで、ロブやヤギ夫婦やダルやアニーに愛される人じゃないと、再婚したくないわ」

それを苦しげな息で聞いていたアーサーが「ふっ」と笑う。

「それは、見つけるのに苦労するな」

「ええ。だから勝手に先にいなくならないでね」

「ああ、努力するよ」

「さあ、寝てください。病気は眠っている間に出ていくものなのよ」


雨は明け方になっても降り続いている。

アーサーを起こさないよう静かに階下に向かったオリビアに、珍しく先に起きていたララが目を丸くして駆け寄ってきた。

「オリビアさん、オリビアさん！」

「どうしたの？　ララ」

「馬たちに餌やりに行ったら、馬小屋が大変なことになっています！」

「ん？　大変って？」

「いろんな種類の野鳥が雨宿りしています。たっくさん梁《はり》に止まっているんですよ！」

「ああ。気にしないで大丈夫。雨が上がればいなくなるでしょう。馬たちは？」

「鳥のことは気にしていません」

「なら、ますます大丈夫。教えてくれてありがとう」

「はぁ。そうですか」

馬小屋を見ることなく、オリビアは朝食を作り始めた。

雨は昼前にやっと上がり、店には客が入り始めた。オリビアはララに頭を下げて頼み事をした。

「申し訳ないけど、マーローの街のフレディ薬草店まで行ってくれないかしら？　アーサーは風邪で数日お休みしますと伝えてほしいの」

「もちろんです！　頭を上げてください。ではすぐに行ってきます！」

「本当に助かる」

「これしきのこと！」

ララは笑顔で馬車に乗り、マーローへと向かった。

19　伝書鳩《でんしょばと》

アーサーは三日目には回復し、四日目から仕事に戻った。

熱に浮かされているときに話してくれた再婚の件に全く触れないところを見ると、あの話をしたことを後悔してるのかもしれない、とその後ろ姿を見ながら思う。

なのでオリビアもその話題には触れず、出勤していくアーサーを笑顔で見送るだけにした。


アーサーが寝込んでいる間、ダルはオリビアが部屋からほとんど出てこないのに退屈していたらしい。せっせと森に遊びにいって、帰りには必ず蛇《へび》や虫を捕まえてくる。そしてオリビアに捕まえた獲物《えもの》を見せては『すごい？』と自慢げな顔をする。

「うん。すごいね。お土産《みやげ》ありがとう」

『嬉しい？　食べる？』

「嬉しいわ。ありがとう。後で食べるね」

『食べる　いいよ』

「うん、ありがとう」

そんなやり取りをララがこっそり見ている。

（オリビアさんて、まるで動物と会話しているみたいだけど、まさかね。ああいうところを頭がおかしいって思われたのかしら。ただの動物好きなのに！）

ララはオリビアから聞いたオリビアの家族の話が腹立たしくて忘れられない。

ぷりぷりしながら開店前の店の床をモップがけしていると、ロブ用に作られている台所の出入り口からダルが入ろうとしていた。ところが何か大きなものを咥えているために入るのに苦労している様子だ。

「あらあら、今日のお土産は大きいのね」

そう言ってドアを開けてダルを招き入れようとして固まった。ダルが咥えていたのは真っ白な鳩《はと》。しかもまだ生きている。鳩はララがバッとドアを開けた途端に暴れ出した。ダルがしっかり咥え直そうとして口を開けたものだから、鳩は台所の中に逃げ込んでしまった。バタバタと飛び回る鳩。追いかけるダル。慌てるララ。

「やめてやめて！　外に出してあげるから暴れないで！」

そう言ってララが追いかけるものだから、鳩は怖がって余計に暴れる。窓から逃げようとしてガラスにぶつかり、床に落ちてまた飛び立つ。ダルは興奮して走り回り、鳩を目がけてジャンプする。

洗濯物を干し終えたオリビアが裏口から入ってきて、その様子に驚いた。

「あらあら」

背中の傷から血を滲《にじ》ませた鳩が床に落ちた瞬間、オリビアは持っていた洗濯籠を素早く被《かぶ》せた。ダルが駆け寄って『これ　捕まえた！』と自慢げに胸を張る。

「うんうん。大物を捕まえたのね」

猫に狩りをするなというのは無理なことだと、最初にお土産を運んできたときに心を覗いて理解している。猫にとって狩りは本能的な行動のようだった。

籠を少しだけ傾けて手を差し入れ、鳩をつかみ出す。鳩は恐怖で固まっている。オリビアの手の中で、心臓があり得ないぐらい速く動いている。

「大丈夫。あなたを食べないし殺さない。怪我の手当てをするだけよ。だから暴れないで。ララ、鳩の頭に布を巻いて。そのほうが落ち着くはず」

「わかりました！」

乾いた布巾を鳩の頭にふんわりと巻くと、鳩は静かになった。

「足環《あしわ》をつけてる。誰かが飼っている鳩なのね。飼い主の名前が書いてあるといいんだけど。まずは傷の手当てね。ああ、これはダルが噛んだんじゃない。鋭い爪みたいなので切り裂かれてる。鷲《わし》とか鷹《たか》に襲われたのかも」

綺麗な水をかけて傷口を洗い、薬箪笥《くすりだんす》から薬草で作った傷薬を取り出す。ごく少量を更に湯冷まして薄めて傷に塗った。鳥の体が薬にどれだけ耐えられるかわからないので、慎重に。

手当てを終えてからパチリと銀色の足環を外した。足環には同じく銀色の筒が取り付けられていた。

「あら。筒の中に紙が入ってる。えーと……えっ」

「オリビアさん、なんて書いてありました？　飼い主の名前ですか？」

「ううん。ララ、私はちょっと出かけてくる。お客様がいらっしゃったら料理を出せる？」

「はい。もうスープも付け合わせもできていますから。大丈夫です」

「あなたの馬車を借りてもいいかしら」

「はい、どうぞ」

オリビアは大急ぎで二階に駆け上がって祖父の本を開いて素早くページをめくる。それからララの馬車に乗って出かけた。行き先はルイーズの屋敷だ。

ルイーズの屋敷はマーローの街の住宅街の外れ。広い庭に囲まれた大きな建物で、ルイーズはそこに必要最低限の使用人と暮らしている。

屋敷の門番はオリビアの顔を覚えていて、「どうぞ」と招き入れてくれた。この屋敷には祖母と一緒に何度も通《かよ》ったことがある。

「どうしたの？　あなたのほうから来てくれるなんて、珍しいじゃない？」

「ルイーズ様、突然申し訳ございません。緊急の用事なもので」

オリビアはそう言いながらカバンから一枚の小さな紙を取り出した。マホガニー製の丸いテーブルの上で、スッとルイーズに向けて滑らせた。

ルイーズは老眼鏡をかけ、折り畳まれた跡のある紙を読む。「え？」とつぶやきながら二度、三度と読んだ。

折り畳まれていた小さな紙には、小さな文字がびっしりと書き込まれていた。

『大旦那様がご乱心です。大奥様と奥様、お嬢様を地下牢《ちかろう》に閉じ込めています。男の使用人は全員解雇され、私たちでは逆らえません。助けて！』

「これは……本当なら大変なことよ」

「はい。私もそう思います。鳩に付けられていた足環がこれです。貴族の家紋のことは詳しくないので、祖父の本で確認しました。ミストラル家の家紋に間違いないかと。ご確認ください」

ルイーズは指先で銀の足環を摘み上げ、眼鏡に近づけてしげしげと眺めた。

「そうね。三羽の鷲に交差する剣。ミストラル家の家紋だわ。オリビア、私に最初に話を持ってきてくれてありがとう。マーレイの領主や王家に知られたら、厄介《やっかい》なことになっていたはずよ。閉じ込められているのは私の学友だわ」

「はい。以前その方のお話を聞いたことを覚えておりました」

「いずれこうなるような気もしていたわ。ミストラル家の先代は、跡継ぎを失ったときからお酒に溺《おぼ》れていたそうなの。あの男は牢に私の学友と娘と孫娘を閉じ込めているわけね」

ルイーズは磨かれた爪を軽く噛んでしばらく考え込んでいる。それからオリビアを見た。

「私が表立ってミストラル家に行けば話が大きくなる。我が家の衛兵を三人出しますから、オリビア、ミストラル家まで行ってくれないかしら。そしてこちらまでその男を連れてくる間の処置をしてほしいの。私からの指示だとわかってもらえるように、一筆《いっぴつ》書いて持たせます。アーサーにはあなたを借りる旨《むね》、フレディの店まで連絡を入れるわ」

「わかりました。お引き受けします」

「ありがとう。恩に着るわ。スープの森に衛兵を行かせるから、それまでに準備をしておいて」

「はい」

オリビアは手紙をルイーズに渡して屋敷を後にした。

（お酒に依存して正気を失っているのなら、準備が必要だわ。薬草は、あれとあれと、あれも必要ね。あ、あの薬草も持っていこう）

正常な判断ができなくなった当主が、妻、息子の嫁《よめ》、孫娘を監禁している。緊急を要する事態だ。オリビアは馬を操りながら、これから用意する薬草を数え上げていた。

店に戻り、ララに事情を話すと、「お店はどうするんですか？」とオロオロされた。

「閉めてもいいし、ララがもしお店を引き受けてくれるのなら、誰が作っても間違いないレシピを書くけど、どうする？　パンは届けてもらうから心配ないのだけど」

「私、やります。お役に立ちたいです。やらせてください」

「ありがとう。助かる。すぐにレシピを書くわ」

大急ぎで豆とベーコンのスープのレシピを書く。付け合わせは干しキノコと干し肉の炒め煮だ。


レシピを書き終わり、ミストラル家に持ち込む荷物の準備も終わった頃にルイーズ様の家の衛兵三人が到着した。

さあ、出発だ。

ルイーズの家の馬車に乗り込み、窓から顔を出してララに声をかける。

「頼んだわ！　ロブとダルとヤギ夫婦の世話もお願い！」

「安心してお任せください！　全力で頑張ります！」

ロブが悲しげな顔で見送ってくれる。ダルは一見無表情だが『サミシイ　いない　サミシイ』と繰り返している。可愛い、と思いながらオリビアは笑顔で手を振ってから窓を閉めた。

ミストラル家の領地は近い。オリビアはこれから顔を合わせるであろう病人と監禁されている女性三人にどう対応するか、頭の中で順序立てて考え始めた。相手は正常な判断力を失っている男性だ。

（会っていきなり暴力を振るわれたりしないよう、気を引き締めて依頼をこなさなければ）

ルイーズ様のためにも、監禁されている女性たちのためにも、持てる知識と経験を総動員する。頭を猛烈に働かせながら、オリビアは目を閉じて背もたれに身を任せた。

20　ミストラル家の白い猫

　出発してしばらくした頃。馬車が停まり、衛兵が声をかけてきた。

「オリビア様、灰色の髪の大柄な男性がこの馬車を追いかけてきていますが、もしやオリビア様の旦那様でしょうか？」

「アーサーが？」

　ドアを開けて外に出ると、馬に乗ってこちらに向かってくるのは間違いなくアーサーだ。

「よかった、やっと追いついた」

「アーサー、どうしたの？　お仕事は？」

「ルイーズ様が気を遣って店の商品をごっそり買ってくださってね。フレディさんが今週分の利益はもう十分出たから、オリビアに同行してやりなさいと言ってくれたんだよ」

「まあ、いつも申し訳ないこと」

　オリビアは荒い息をしているアニーの首を撫でながら、衛兵たちに聞かれないよう小声で話しかけた。

「アニーも疲れたわね。アーサーには馬車に移ってもらおうね」

『疲れ　ない！　ない！　走る！』

アニーが苛立《いらだ》った感じに足踏みした。

「あっ、そう？　じゃあ、アーサーをよろしくね」

うっかりアニーの誇りを傷つけてしまった、と反省しながら馬車に乗り、出発した。

窓から見える位置にアーサーがいる。普段から見慣れている夫の姿だが、馬に乗っているときの彼は格段に凛々《りり》しく勇《いさ》ましく見える。

（何度見ても素敵だわ）と心でつぶやいてから（あっ、しまった）とアーサーの顔を見ると、オリビアの心の声が聞こえたらしい。前を向いたまま照れくさそうに口元を綻《ほころ》ばせている。

（この能力は便利だけど不便……）と思うオリビアの顔が赤い。


気を取り直し、ミストラル家に到着してからの手順を考え始める。

（到着時に当主が酔《よ》っていたら、衛兵さんたちとアーサーに対応してもらうしかない。その間に監禁されているご家族を助け出そう）

当主に飲ませるために持参した薬は祖母のレシピだ。効果は間違いない。それを飲むと半日はお酒の味をとても苦く感じるようになるはずだ。

「薬を飲み続けてもらって、あとはルイーズ様のお屋敷に着くまでしっかり見張ればいいわね」

ミストラル家の当主は七十代のご老人だが、三十年前の戦争で活躍した武人だと聞いている。油断は禁物だ。

翌日の午後、オリビアたち一行は、無事にミストラル伯爵家に到着した。

広い庭は手入れが行き届いておらず、荒れている。馬車が来たというのに門を開ける人もいない。

「オリビア、俺が門を開けるよ」

「ええ、お願い」

アーサーは背の高い鉄格子《てつごうし》の門に足を掛け、軽々と門を乗り越える。中から重そうな閂《かんぬき》を外して門を開けてくれた。馬車に乗ったまま玄関に近づくと、やっと中から人が出てきた。

「こんにちは。白い伝書鳩を保護した者です。伝書鳩を飛ばしたのは、こちらで間違いないですよね？」

「あっ、はい！　はい！　助けにきてくださったんですね！　ありがとうございます！」

若い侍女は疲れ切った表情で、何度も背後を振り返ってから小声で「助けてください」と言う。オリビアも声を潜めた。

「わかりました。あなたは外の安全な場所に隠れていて。できる？」

「はい、はい、できます」

「全てが終わって安全になったら、私が呼びますから。それまでは隠れたまま待っていてください」

「はいっ」

アーサーを先頭に、オリビアを守るようにして護衛役の三人が進む。広い屋敷には人の気配がしない。

「こんにちは！　どなたかいらっしゃいますか？」

オリビアが声を張り上げたが返事はない。

耳を澄ませつつ、まずは当主を探して少しずつ進む。主の書斎《しょさい》はこちらだろうかと様子を見ながら通路を進むと、「ナーン」という猫の鳴き声。

どこにいるのだろうと見回していると、通路の先、曲がり角からヒョイ、と真っ白な猫が顔を出した。オリビアがそちらに行こうとするとアーサーが止めた。

「まず俺が行く。安全とわかるまで、オリビアは俺の後ろから来てくれ」

「わかったわ」

今にもどこかからこの屋敷の主が襲いかかってくるのではないかと緊張しながら進む。猫が合流してオリビアの隣を歩く。

やがてひときわ立派なドアを見つけた。ここが執務室だろうと全員が目くばせをする。

アーサーがドアをノックするが返事はない。静かに押すと、高さも厚さもあるドアは静かに内側に向かって動いた。荒れ果てた室内。食べ物が腐ったような臭気《しゅうき》。

「誰もいないわね」

「こんな状態を放置して、使用人たちはどこにいるんだ？」

オリビアとアーサーの会話を聞きながら、衛兵たちが部屋の主を探すが見つからない。

「当主の捜索より、救出を先にしますか」

「そうですね。時間を無駄にしたくないです」


入り口で立ち止まっていた白い猫が執務室に入ってきた。男たちを警戒しているらしく、緊張した様子でいつでも逃げられるような構えを取って、こちらを見ている。

「猫ちゃん、奥様やお嬢様はどこにいるのか知ってる？　知っていたら案内してほしいの」

『こっち』

オリビア以外には「ナーン」としか聞こえないが、猫は尻尾をピンと高く立てて歩き出した。少し進んでから、人間たちがついてきているかを確かめるように振り返った。

『こっち』

「行きましょう。この猫が案内してくれます。人間が思っているより、猫は利口なんですよ」

「はぁ、そうですか」

衛兵たちの顔に戸惑《とまど》いの表情が浮かんだ。彼らからは『この人、大丈夫か？』『猫に案内って！』『ルイーズ様はこの人の指示に従えっておっしゃったけど』という心の声が漏れてくる。

猫を先頭に五人が進む。階段を下り、半地下の通路を進むと、やがて人の囁《ささや》くような声が聞こえてきた。すぐにアーサーが呼びかける。

「どなたかいらっしゃいますか？」

「助けてっ！　助けてくださいっ！」

切羽詰まった女性の声が聞こえ、アーサーが走る。続いてオリビアたちも走った。白猫が皆を追い越して先頭を走る。

突き当たりの鉄格子の奥に、六人の女性が閉じ込められていた。オリビアたちを見て何人かが「ああっ」と悲鳴のような安堵《あんど》の声を出し、両手で口を覆っている。

女性たちの髪は乱れ、疲れ切った表情だ。服装から奥にいる年配の女性と、五十歳くらいの女性、若い女性が伯爵家の人間だと見て取れる。

鉄格子の扉には大きな鉄製の南京錠《なんきんじょう》がかけられていた。アーサーが中の女性たちに声をかけた。

「これを開ける鍵《かぎ》は？」

「旦那様が持っていらっしゃいます」

「その当主が見つからないんです。鍵を叩き壊しますから離れてください」

アーサーの声で鉄格子の前にいた三人は後ろに下がった。

そこから交代で男たちが南京錠を叩くが、大きくて頑丈な鉄製の鍵はなかなか壊れない。

「ふーっ。手強《てごわ》いな」

「これほど大きな鍵をかけた当人はどこにいるんだ？」

『アイツ　キライ』

小さな声が聞こえてきた。あの白い猫だ。オリビアはしゃがんで白猫にこっそり話しかけた。

「鍵をかけた人、どこにいるか知ってる？」

『アイツ　カッチン　持ってる　カッチン』

「その人、今どこにいるの？」

『こっち』

「案内してくれる？」

『アイツ　キライ』

白く美しい猫から強い嫌悪の感情が流れてくる。

『アイツ　カッチン　こっち』

カッチンとは、鍵のことだろうか。

鍵を叩き壊している男たちはそのままにして、アーサーとオリビアは猫の後に続く。猫は早足で進む。二人と一匹で階段を上り通路を進み、やがて厨房の前で猫は足を止めた。

『アイツ　ここ』

アーサーが静かに厨房のドアを押し開ける。散らかった厨房に二人で入り、当主が酔って床で寝ていないかと調理台の陰を覗いて回る。

オリビアが観音開《かんのんびら》きの戸棚に近づいたとき、猫の叫び声と言葉が同時に聞こえてきた。

『そこ！　アイツ　いる！』

逃げる暇もなく、オリビアの横の大きな食料庫の扉が開き、中から男が飛び出してきた。

肉切り包丁を振りかざして飛びかかってきたのは、大柄で筋骨たくましい白髪の男だった。

包丁を避けようとして床に倒れるオリビア。倒れながら（私はなんで枯れた老人を想像していたんだろう！）と後悔する。

背中の毛を逆立てて叫びながら、白猫が男の顔に飛びかかった。アーサーもオリビアと男の間に飛び込んでくる。

「ぎゃああっ！」

男が悲鳴を上げながら自分の右目を押さえてうずくまった。男の目を引っかいて逃げていく白猫。その男の腹に拳《こぶし》を入れるアーサー。

白猫は十分に距離を取ってからこちらに向き直った。背中を弓なりにし、尻尾はブラシのように膨らんでいる。

『目　ツブス！』

「待って。この人は連れて行くから」

『コイツ　キライ』

「この人は病気なのよ！　だから待って」

『目！　ツブス！』

「だめっ！」

オリビアが猫の前に立ち、両手を広げる。アーサーは刃向《はむ》かおうとする当主をもう一発殴りつけ、倒れたところを後ろ手に縛り上げた。

白猫はシャーシャー言いながら当主の周囲を歩き回っている。ずっと『キライ　キライ』と叫びながら。

男の悲鳴を聞きつけて衛兵たちが走って来た。

「大丈夫ですかっ！」

「大丈夫です。でも、この方は片目を失ったかもしれません」

衛兵たちの後ろから、侍女に支えられた女性たちがヨロヨロと入って来た。三人とも、縛られて床に転がされている当主を見るとホッとした表情になった。

十代前半くらいの少女は、衛兵の陰に隠れて少しだけ顔を出し、自分の祖父を眺めている。

当主は運び出され、衛兵二人が見張りについた。

オリビアは荒れた厨房で手早くスープを作った。ろくな食材がなかったが、麦と卵と玉ねぎとチーズ入りのスープを作った。庭に隠れていた侍女も呼び戻し、スープを並べると全員がものも言わずに一心不乱にスープを飲み、食べる。

皆が落ち着いたところで話を聞くことになった。

白猫は少女の膝の上で、ずっと喉を鳴らしている。

21　張り合うアニーと優しいヤギたち

「オリビアさん、本当にありがとう。伝書鳩は侍女が飛ばしてくれたのですが、鳩が王都の屋敷にたどり着いたところで、その屋敷はもう別の貴族のものになっているんです。だから手紙を読んでも助けにきてくれるわけがないと思って諦めていました」

オリビアが渡したルイーズからの手紙を読み終えて、伯爵夫人のリネットが話し始めた。

「あの鳩はどうやら途中で鷹か鷲に襲われたみたいで、怪我をして落ちているのをうちの猫が捕まえてきました。鳩は私の家で安全に療養していますので、治ったらお返ししますね」

「まあ。そんなことが。鳩には気の毒でしたが奇跡のようなお話ですわ。ね？　お義母様」

リネットはさっきからしきりにハンカチを目に当て、何度もオリビアに頭を下げている。

「伝書鳩を助けてくれたあなたがルイーズ様の知り合いだったなんて。神様がお力をお貸しくださったとしか思えないわ」

「リネット様がルイーズ様のご学友だったときのお話を、私は何度もうかがっています。なのですぐにルイーズ様にお知らせしました。ルイーズ様はお孫さんのメイベル様がご結婚なさってミストラル家の女伯爵となられるまで、後見人を引き受けるとおっしゃっていました」

「ええ、お手紙にもそのように記されています。本当にありがたいことです」

その後は当主の伯爵がいつからお酒を手離せなくなったのか、どのくらい飲んでいたのか、話を聞いて記録し、ルイーズの屋敷に当主を連れていくことになった。ルイーズがリネット宛《あて》に書いた手紙には『当主は王都の治療施設に入れる』と書いてあった。

「それでは、私たちはそろそろお暇《いとま》いたします。皆様お疲れでしょう。どうぞお身体を労ってくださいませ」

「ありがとう、オリビアさん。母も私も娘も今日のことは、一生忘れません」

「スープがとても美味しかったです！　今までで一番美味しいスープでした」

「ありがとう。ルイーズ様にくれぐれもよろしくお伝えください。私からもお礼の手紙を書きます」

三人それぞれの感謝の言葉に笑顔で応え、オリビアとアーサーは屋敷を出た。正気を失っている当主は縛ったまま馬車で運ぶことになった。衛兵が馬車に同乗し、オリビアはアーサーと二人乗りで帰ることになった。

オリビアは（アニーは二人乗りでの移動はつらくないかしら）と心配だが、アニーから伝わってくる心は明るく楽しげなので余計なことは言わないようにした。

アニーにまたがり、さあ出発というときに白猫が走ってきた。

「猫ちゃん、よかったわね。案内してくれて助けてくれてありがとう」

「ナーオーゥ」

白猫はこちらを見て大きくひと声だけ鳴いた。

一瞬オリビアの顔が引きつったのを見て、出発してからアーサーが話しかける。

「あの猫、君になんて言ったんだい？」

「『目を潰したい』って。戸棚からあの人が飛び出してから、ずっとそう叫んでいたのよ」

「よほどひどい乱暴でもされたんだろうか。それとも家族がひどい目にあったのを見て怒っていたのかな。猫は自分に危害を加えた人間を絶対に忘れないと聞いたことがあるよ」

「それは犬も鹿も狼もヤギもそうだと思うわ」

「人間もそうかもしれないな」

「ええ。でもね、アーサー」

「うん？」

「人間は心と身体の痛みを受け入れて糧にできる、と私は思ってる」

「そうだな。そうでありたい」

「アーサーの心の中にも自分の心にも傷があるけれど、私は傷の痛みに縛られずに生きていきたい」

「俺の傷はもう痛くないいんだ。痛かったという記憶だな」

「そうね、私たちが抱えているのは、とても痛かったという記憶なのよね」

オリビアはアーサーのおなかに回した腕にギュッと力を入れ、顔を背中にくっつけた。アーサーはオリビアの腕をポンポンと優しく叩いて応える。


馬車に乗せられた当主は錯乱していて薬湯を飲むどころではなく、しばらく縛られたままもがいていた。休憩と睡眠を取りながら移動し続け、マーレイの街に到着した。

ルイーズの屋敷にミストラル家の当主を運び込むと、すぐさま専門家たちがやってきて老人を連れ去った。

「本当にありがとう、オリビア。『当主が錯乱して家族を牢に閉じ込めていた』なんてことが表沙汰《おもてざた》になったら、爵位は格下げか、最悪剥奪《はくだつ》にもなりかねなかったわ。とりあえずリネットの孫娘がしっかりした人と結婚するまで、あの人には静かな場所で生きていてもらうことにしましょう」

「お役に立てて何よりでした。フレディさんのお店のこと、アーサーに聞きました。お気遣いいただいてありがとうございます」

「あの程度のこと、当然です。私はマーガレットには言葉では言い尽くせないほど世話になった上に、こうしてオリビアにも助けてもらっているのですもの」

ルイーズと互いにお礼を言い合って、オリビアは『スープの森』に戻った。

馬車が庭に着くと同時にララが店の外に走り出てきた。黒犬のロブと猫のダルも走ってくる。

「お帰りなさい、オリビアさん、アーサーさん。お店はちゃんと営業しましたよ。二日続けて同じ豆のスープでしたけど、二日続けてお店に来た人はいなかったから、問題なしです！」

「助かったわ。ありがとう、ララ」

『待ってた！　待ってた！』とロブが跳ねてはしゃいでいる。

『ツガイ　帰ってきた』とダルが無表情に見上げている。

「さあ、今夜からまた働くわよ」

「じゃあ、俺はフレディさんに挨拶をしてくるよ。アニーはゆっくり休め。ララ、グレタを借りるよ」

「はい、どうぞ！」

『疲れ　ない！　行く！』

アニーが抗議している。チラチラと馬小屋を見ている先にはララの馬グレタ。アニーはどうやらグレタに対抗心を持っているらしい。アーサーはそれに気づいたが、考えは変えなかった。

「アニー、俺はお前が大切なんだ。お前に無理をさせて怪我でもしたら大変だろう？　明日からまたお前に乗るから。安心しろ」

そこで声を小さくしてアニーの耳に囁いた。

「俺が一番大切なのはアニーだよ」

急にアニーが大人しくなる。ブルルルと鼻を鳴らし、長い首をアーサーにこすりつけた。

「わかってくれてありがとうな、アニー。じゃ、いい子にして待っていてくれよ」

「アーサーって、馬には大変な女たらしね」

「私もそう思いました！　なんかこう、聞いていてゾワゾワしました！」

「私も」

「やめてくれ。俺は愛馬を大切にしているだけだろう？」

オリビアとララは顔を見合わせて「だって、ねえ？」「はい」と笑いながらアーサーを見送った。


数週間後、『スープの森』にルイーズを経由してミストラル家当主から手紙がきた。

当主を施設に閉じ込めたきっかけのオリビアは、罵詈雑言《ばりぞうごん》が並んでいるのではないかと恐る恐る手紙を開いたが、そこには予想に反して深い後悔の文章が綴《つづ》られていた。

『息子を自分のような武人に育て上げたいと焦《あせ》るあまり、死なせてしまった。息子が自ら命を絶ったのは自分の責任だ。まさかあんなことになるとは思わなかった。できることなら息子が幼い頃に戻って人生をやり直したい』

要約するとそういう内容だった。

名のある武人にとっては強くあることが自分を支える心の柱だったろう。だが、息子は息子なのだ。父親とは別の人間だ。

人生に希望を失って命を絶った人を思うと胸が痛い。

きっとその人は逃げ場がなかったのだ。妻や娘、母を置いて逃げることなどできなかったか。

苦痛な毎日をどんな思いで生きていたのか。想像するといたたまれない。

同時に、息子に死なれて初めて自分の間違いに気づいた老人は、残りの人生をどんな気持ちで生きていくのか。痛ましく思う。


やり場のない悲しい気持ちでヤギ小屋に行き、裏庭にピートとペペを出した。

『草　うまっ！』『うまっ！　うまっ！』

ご機嫌で草を食べている二匹を眺めながら、会ったこともないミストラル家の嫡男《ちゃくなん》を思う。

「もう少し、もう少しだけ生きることに執着していたら、道は開けたかもしれないのに……」

オリビアの悲しい心があふれて伝わったらしい。ピートとペペは草を食べるのをやめて、オリビアに近寄り、軽く優しく頭をぶつけてくる。

『痛い？』『痛い？』

「大丈夫よ。ありがとう、ピート、ペペ。あなたたちはいつも優しいわね」

オリビアは二匹の背中を撫で続けた。

22　マロンクリーム

秋が深まり、少しずつ冬が近づいてきた。

夜明けと共に起きるオリビアは、台所で吐く息が白く見えるようになってきたら「冬の到来ね」と毎年思う。


階段を下りている途中で、パタパタと黒犬のロブの足音が聞こえてくる。

『あいたかった！　あいたかった！』

毎朝、まるで何年も会っていなかった主人と再会したかのようにはしゃいで朝の挨拶をする。

『キタ　ゴハン　キタ』

朝ごはんを待っているのは猫のダル。ダルは寒くなったらオリビアたちのベッドに入ってくるのかと思っていたが、ロブとくっついて眠るほうがいいらしい。


大鍋にたっぷり水を入れてかまどに載せる。お湯が沸くのを待つ間に馬のアニーとグレタ、ヤギのピートとペペに餌を与える。水も取り替えたら、次はロブとダルの朝ごはんだ。

ロブは丸呑《まるの》みするような勢いで食べ、ダルはムッチャムッチャと音を立てながらゆっくり食べる。

食べ終わったロブが満足して専用のベッドで丸くなり、ダルが丁寧に顔を洗っているのを眺めながらお茶を飲む。


「おはようございます、オリビアさん」

「おはよう、ララ。まだ寝ていていいのに。ララくらいの年齢だとまだまだ眠り足りないでしょう？」

「いいえ。最近は朝日と一緒に目が覚めるようになりましたから、大丈夫です」

そんな会話をしながら、二人で分担して朝食を作る。

今日は豚バラと葉玉ねぎとニンジンの塩味スープ。ニンニクを隠し味に入れ、麦も入れる。麦が柔らかくなるまで煮込むとスープにとろみがつく。冬の縮こまった身体にありがたいスープだ。


朝食の用意ができた頃、アーサーが下りてくる。ロブがまた『会いたかった！　会いたかった！』と尻尾をちぎれんばかりに振って挨拶をしている。ダルはベッドから視線を送るだけ。

『ツガイ　キタ　オソイ』と心の声が漏れてくるから、アーサーのことを嫌いではないようだ。

「今日は仕事が休みだから、薪割りをしておくよ。もう少し薪があったほうがいいだろう？」

「そうね。薪はどれだけあっても多過ぎることはないものね。お願いします」


三人でスープを食べながら今日の予定を確認する。

アーサーは薪割り、ララは乾燥させた薬草を粉にする仕事と薬師の勉強。

オリビアだけ、まだ何も決まっていなかった。

「オリビアはどうするんだい？」

「そうね、今日は栗のクリームを作りたいかな」

「食べたことないですけど、聞いただけで美味しそうです！　あの硬い干し栗を、どうやってクリームにするんですか？」

ララの目がキラキラしている。ララは初めて干し栗を食べて以来、栗と名がつけばなんでも大好きになったようだ。

「干し栗はもう、さんざん料理に使ったでしょう？　だから残ってる栗は柔らかく戻してからミルクと生クリームと砂糖を足してマロンクリームにするの。パンに塗って食べると幸せな気持ちになるのよ。私もこの家に来て初めて食べたときは、感動したわ」

「私、オリビアさんの隣で作業しますから、作るところを見せてくださいね！」

「最初の味見役はララにやってもらおうかしら」

「うわあ、嬉しい！」

ララはもう、これ以上にやけられないぐらいにやけていて、アーサーが我慢できずに笑い出した。そして「ララ、顔が」と指摘したが、ララのニヤニヤは止まらない。

何かのときにララが「生まれた家では、甘いものは一年に一度しか食べられない貴重品でした」と言っていた。砂糖は確かに貴重品だが、果物も食べることがなかったらしい。

（本当に賃金なしの使用人として扱われていたのね）と気の毒に思うが、ララには母親との楽しい記憶がある分、まだ救いがあるのかもしれない。


麦入りの豚バラスープとパンを食べ、それぞれが仕事を始めた。

オリビアは、まずはぬるま湯に砂糖をひとつかみ入れて、干し栗を入れ、全部が浸《ひた》るように落とし蓋をした。

「栗が柔らかく戻るまで火はできるだけ小さくしておいてね」

ララにそう頼んで着替えをしに二階に上がる。そろそろ雪が降るだろうから、刈《か》って干しておいた草をヤギ小屋に入れておかなければならない。

「いい運動になりそう」

干し草まみれになってもいい服に着替えて庭に出た。前庭に積み上げていた干し草を抱えてせっせとヤギ小屋まで往復する。

庭ではアーサーが「カンッ！　カンッ！」と小気味よい音を立てて薪を割っている。雪が降る前に屋根付きの薪置き場に積んでおかないと、湿った薪でオリビアが苦労することになるから、アーサーは精が出る。秋の終わりは皆、冬支度に忙しい。

パン屋のマックスが焼き立てのパンを配達しにきた。

マックスは五十代で、息子にパン焼きを任せてからはもっぱら配達に回っている。オリビアのスープが大好きな常連客だ。

長くて大きなパンを木箱ごと台所まで運び込んでもらった後は、時間外だけれど特別にミント入りのお茶を淹れて、開店時間までゆっくりスープを楽しんでもらう。

「今日からまた栗のクリームを作るんですよ」

「おっ。いつできる？　明日できるなら明日も来るよ」

「明日にはできあがりますよ」

「あのクリームだけ売ってくれないかなあ」

「毎年お断りして申し訳ないんですけど、マックスさんのお店に卸《おろ》すほどは作れないんですよ」

「うちでも何度か作ってみたんだけどね。オリビアが作る栗のクリームには味も香りも及ばないんだよなあ」

「うふふ」

「何か秘密があるんだろう？」

「いえ、特別なことは何もありませんよ」

「本当かなあ」

ニコニコしているオリビアに、マックスは「明日来るからね！」とマロンクリームの予約をするかのように宣言をして帰っていった。

「オリビアさん、マロンクリームには、本当にコツがないんですか？」

「うーん、コツがあるとすれば、甘みが薄い栗は料理に回して、甘みと味が濃い栗を選ぶことかしらね」

「それだけですか？」

「ええ、それだけよ」


オリビアは美味しい栗の見分け方をリスから学んだ。

森のリスたちは、オリビアが栗をイガから取り出した後、自分たちに分け与えてくれるのを覚えている。だから近くの木の枝でオリビアが栗を集めるのをじっと待って見ているのだ。

そしてザラザラと地面に栗を置くと、我先に木から下りて栗に群がる。

「たくさんあるから奪い合いしなくても足りるわよ」

オリビアは、リスたちがその場で皮を器用に剥いてペッ！　と捨て、生の栗を美味しそうに食べるのを見るのが大好きだ。毎年毎年、そうやってリスが食べるところを見ていると、彼らが争うように手を出す栗と、そうではない栗があることに気がついた。

大きくて丸くて艶《つや》があるのがいい栗なのは、祖母に教わって知っていた。更に、色が濃いほうがリスに人気がある。食べ比べてみると、色の濃さは味の良さに繋がっていた。

それと大事な要素がもうひとつ。

〝木〟だ。

美味しい栗が実るのは、毎年同じ木なのだ。栄養なのか日当たりなのか。

オリビアは美味しい栗の木の場所を覚えていて、その栗はマロンクリーム用に分けている。

料理用は味付けをするからどの栗でもいいのだが、マロンクリームは素材の味が仕上がりを決めてしまう。だからコツは『美味しい栗がなる木を覚えておくこと』だけだ。


皮を剥いた干し栗をぬるま湯で戻し、渋皮をつけたまま荒く潰してから砂糖と牛乳と生クリームで練り上げる。

ねっとりと練り上げたマロンクリームを、最後にザルで裏ごししたら完成だ。

最初のひと口をララに味見させたところ、ララはほっぺを両手で押さえてぴょんぴょん跳ね回った。

「何これ何これ、こんなに美味しい食べ物って、この世にあったのぉ！」と大騒ぎだ。

「そこまで喜んでくれたのなら、今夜はパンをカリッと焼いて、バターを薄く塗ってから好きなだけマロンクリームを塗って食べなさい」

「売り物なのにぃ。いいんですかぁ？」

一応遠慮する様子は見せつつも、手の甲《こう》でよだれを拭くララが可愛い。

「いいわよ。ララがそんなに喜ぶなら、今年の分は、全部食べたっていいわよ」

「い、いいえ。それはだめです。商売なんですから。そんなことは許されません。ただ今夜だけ、パン三枚食べていいですか」

「食べなさいって。四枚でも五枚でも食べなさい」

その夜、できあがったばかりのマロンクリームをひと口食べるごとに「おいしいぃぃぃ！」と叫ぶララの声が台所中に響いた。アーサーは苦笑しながらも何も言わない。

ロブはすぐに慣れた様子だったが、ダルは最後までララが「おいしいぃぃ！」と叫ぶたびに「ウルサイ」と心で言い返していた。


翌日、「マロンクリームあります」の貼り紙を見て、客の全員がマロンクリームを注文した。大銅貨一枚でスープ用の大きめのスプーンにこんもりと山盛り一杯という値段だが、「二杯分」「俺は三杯分パンに載せてくれ」と注文が相次いだ。

「スープの森のマロンクリームが始まった」という噂は毎年すぐに広まる。鍋にたっぷり作ったマロンクリームは三日で売り切れた。

「ああ、もう売り切れちゃった」

「また来年も作るわよ。ララが手伝ってくれたら倍作れるかもよ？」

「手伝います！」

(来年もここにいてくれるのかしら。薬師試験に合格したらいなくなっちゃうわよね。寂しいこと)

お皿を洗いながらオリビアがそう考えていると、アーサーがそっと肩を抱いてくれた。

「俺がいるさ」

「そうね」

『ツガイ　ナカヨシ』

ダルのつぶやきに思わず後ろを振り返ると、ダルはロブの腕の中で目玉だけ動かしてこちらを見ていた。

23　豚肉のシチューと大雪

十二月の最初の日に初雪が降った。

最近はもうハリネズミを見ていない。どこか安全な場所で冬眠しているのだろう。

窓から見ていると、庭の餌台には冬も移動しないコマドリやムナグロ、スズメがやってくるだけだ。夏の鳥はだいぶ前に、もっと暖かい地方に移動してしまった。


『アタタカイ』


オリビアが（ん？）と振り返ると、ダルが店の暖炉の真ん前で目を閉じている。

家族として猫と暮らすのは初めてだが、『猫は快適な場所を見つける天才だ』と感心する。

ダルがくつろぐ場所は、暖炉やかまどの近くだけではない。限られた時間だけ陽射しが入る場所には、毎日その時間だけ幸せそうに目を閉じたダルがいる。まるで時計が読めるかのようだ。

黒犬のロブは、雪が降り始めてからずっと興奮しっぱなしだ。

日の出前から何度も外に出ていく。見ていると、雪の上をひたすら全力で走っている。普段の温厚そうな雰囲気は消えてしまっていて、口を開け、目を細めて笑いながら走っているように見える。

実際、オリビアの心には『わっはっは』『ひゃーっはっは』というロブの心の笑い声が聞こえてきて、思わず吹き出してしまう。

ロブは二十分ほど走り回ると満足するらしく、黒い毛皮に雪をくっつけ、肉球の間に雪の塊を詰め込んで戻ってくる。

ガブガブと水を飲み、しばらくするとまた外へと出ていく。

『ロブ　ツメタイ』

ダルはロブが店内に入ってくるとすかさずそうつぶやく。触っていなくても冷たいと言う。

オリビアはお茶を飲みながら豚肉のシチューを煮込んでいる。四角い塊を崩さぬよう、けれどスプーンを当てたらほろりと崩れるように、神経を使っている。

月桂樹の葉と干しておいたセロリの葉を糸で括《くく》って入れてあるが、そろそろ取り出す頃合いだ。

ララは年明けに行われる薬師試験に備えて猛勉強中で、昨夜はずいぶん遅くまで離れに明かりがついていた。それでも頑張って起きてきたらしく、裏の出入り口が開く音がした。

「おはようございます、オリビアさん。遅くなりました」

「おはよう、ララ。まだ寝ていればいいのに。ゆうべも遅くまで頑張っていたんでしょう？」

「いえ。お手伝いしたいので」

「ありがとう。今日は豚肉のシチューよ」

ララはオリビアが作るシチューが大好きだ。嬉しさのあまり、両目をギュッと閉じて両手を胸の前で握り合わせて「楽しみ！」とつぶやく。


階段を下りてくる足音がして、アーサーも台所に顔を出した。

「おはよう。おっ、豚肉のシチューだ。朝から食べられるの？」

「ええ。寒い朝はこってりしたもので身体を温めないと」

冷たい汲み置きの水で顔を洗ったアーサーは、前髪からポタポタと水を垂らしながら歩き、ララに「水が垂れていますす」と布を差し出されている。大雑把《おおざっぱ》な兄としっかり者の妹みたいで、オリビアは微笑んでしまう。

「アーサー、今日はお弁当を持っていく？　それとも外で食べる？」

「うーん、朝食にシチューを食べていくから昼は外で軽く済ませるよ。その代わり、俺の分のシチューを一杯だけ取っておいてくれる？　夜にも食べたい」

「わかったわ。一杯と言わずに三杯分くらい取っておく」

「今日はなるべく早く帰るよ。大雪にならないといいな」

「初雪だからそれほど積もらないとは思うけれど。心配だから早めに帰ってきてね」

「そうするよ」


ララがお茶を淹れながら笑いを噛み殺している。

「アーサーさんとオリビアさんはとっても仲良しですよね」

「そうかしら」

「そうですよ。私もアーサーさんとオリビアさんみたいな夫婦になりたいです」

「もしかして、ララにはもう好きな人がいるのかしら？」

いませんよ、という答えが返ってくるものと思っていたオリビアは、返事がないのに驚いて振り返った。ララは少し赤くなって恥ずかしそうな顔だ。オリビアは真顔になって、ララに近寄った。

「あら、好きな人がいるのね？　それ、私の知っている人？」

「わかりません。街の靴店《くつてん》の職人さんです」

「靴店て、ハットン靴店？　グルーバー靴店？」

「グルーバー靴店です。そこの見習いをしているコリンという人です」

「ええと、どうやって知り合ったの？」

アーサーがオリビアの肩をポンと叩いた。「ん？　何？」と振り返るとアーサーは苦笑していて、オリビアは自分がかなり前のめりになっていたことに気がついた。

「あっ、ごめんねララ。根掘り葉掘り聞いちゃって」

「いえ！　いいんです。私がお買い物にいったときに、荷物を抱えたまま転んだことがあったんです。そのときに駆け寄って助け起こしてくれた人です」

「優しい人なのね？」

「はい！　いつかはオリビアさんとアーサーさんにも会ってもらいたいと思ってます。私、勝手にお二人を私のお兄さんとお姉さんだと思っていますから。厚かましくてごめんなさい」

「厚かましくないわよ！　嬉しいわ、ララ」

「オリビア、鍋は俺がかき混ぜておこうか？　焦《こ》げたら困るだろう？」

「待って！　私がやります。それは静かにかき混ぜないと肉が崩れちゃうの」

「お、おう」

大鍋のシチューをかき混ぜながら、オリビアはほんのり寂しい。

(そうよね、ララはもうすぐ十六歳。恋人がいたっておかしくない歳だもの。寂しいなんて思ったらいけないわ。喜んであげなくちゃ)

そう自分に言い聞かせているオリビアの後ろ姿を、アーサーは優しい顔で見ている。

冷える日は豚肉がたっぷりのシチューが喜ばれる。

その日は昼も夜も、鼻の頭を赤くしたお客さんたちが震えながら店に入ってきて、豚肉のシチューを食べて笑顔になった。

「マーガレットの味だ。懐かしい」

「同じ味になるもんだね」

「俺は独身時代からこのシチューが楽しみだったな」

祖母直伝の味は、懐かしい祖母の話題を運んでくれる。満足げな表情で出ていくお客さんたちを見送るオリビアの心もほっこりする。初雪はそれほど積もらずに済んだ。


真っ暗になってから、アーサーが肉の塊を持って帰ってきた。

「アーサー、お帰りなさい」

「ただいま、オリビア。頼まれていた牛のすね肉を買ってきたよ」

「ありがとう。明日はこれをたっぷりの野菜と一緒に煮込むの」

「今日、グルーバー靴店の前を通った。親方と若い男が二人いたけど、どっちかな」

「アーサーったら。覗きにいったの？」

「ララはいい子だからね。気になるよ。ララの相手がいい人だといいな」

「そうね」

そんなやり取りがあり、ララがお付き合いしているというコリンが『スープの森』を訪問することになった。

その日は『スープの森』の定休日だ。コリンは午後だけ休みをもらってくるという。オリビアはコリンを早めの夕食でもてなしたら街まで送り届けるつもりだ。

ところがその日は朝から灰色の厚い雲が空を覆い尽くしていた。

（大雪にならないといいのだけれど）

心配しながら見上げていると、チュンが飛んできた。窓を開けると台所に入ってきて、『雨！いっぱい！』と教えてくれる。

「ありがとう、チュン。でも、この寒さだと雨じゃなくて雪になりそう。チュン、あんまり寒いときは馬小屋に来なさい」

『ウン！』

チュンが元気に返事をしてからパンのかけらを食べ、森へと飛び去った。

オリビアの不安は当たってしまい、午後から大粒の雪が降り始めた。

心配したオリビアとララが馬車で迎えにいくと、十センチほど雪が積もった街道をコリンが歩いてくる。ララが馬車のドアを開けて手を振り、オリビアは御者席から声をかけた。

「こんにちは。初めまして。さあ、馬車に乗ってください。これは積もりそうよ」

馬車から飛び降りたララがコリンの頭と肩に積もった雪を甲斐甲斐《かいがい》しく払い、二人が馬車に乗ったのを確認して、オリビアは店へと引き返した。

『スープの森』に着く頃には、雪はすでに十五センチほど積もっていて、やむ気配がない。

「今夜はうちに泊まって。馬車でも立ち往生《おうじょう》しそうだもの」

「初めてお邪魔したのに、そんなご迷惑はかけられません」

「コリン、今から帰ったら行き倒れになるわ」

「ララの言う通りよ。雪ばかりは仕方ないわよ。職場の親方にはここに来ることは言ってある？」

「はい。スープの森に行ってくると伝えてから来ました」

「それなら事情はわかってくれるわよ。この雪だもの。母屋にひと部屋空きがあるから泊まって」

「はあ。申し訳ありません。ではお世話になります」

コリンは穏やかな雰囲気の若者で、笑うと目が糸のように細くなる。年齢は二十歳らしい。

オリビアは（優しそうな人だわ）と安心した。

コリンにお茶を出しながらオリビアは（アーサーも早く帰ってこないかしら）と、白一色になった窓の外を見ながら思う。

元傭兵のアーサーだから、この程度の雪でどうかなるとは思っていない。だが、馬に乗っているとはいえ、アーサーが雪の中を一人で移動していると思うだけで落ち着かない。今すぐにでも迎えにいきたい。

(だけど、アーサーは私が少しでも危ないことをすると本当に嫌がるから)

心配され、守られる幸せをありがたく思いながら、オリビアもまたアーサーが心配でならない。雪が膝の高さまで積もった頃、アーサーが帰ってきた。

オリビアはアーサーに駆け寄り、「お帰りなさい！　早めに帰れたのね」と言いながら抱きしめる。

「ただいま。フレディさんに早く帰れと言われたんだ。これはかなり積もりそうだね」

「ええ。コリンには泊まってもらうことにしたわ」

「うん、そのほうがいい。もう雪で道がわからなくなっているよ。うっかり街道を外れでもしたら命に関わる」

こうしてララの恋人コリンはオリビアたちの家に泊まることになった。

カボチャのポタージュ、玉ねぎとベーコンのチーズ焼き、キャベツとキュウリのピクルス、すりおろしニンジン入りのソーダブレッドには新鮮なバターをたっぷり添えた。アーサー用に取っておいたシチューも四人で少しずつ。

オリビアが精いっぱいの料理でもてなし、コリンは大喜びしながら完食した。

「ララがオリビアさんの料理を一生懸命覚えていると言っていたけど、その気持ちがよくわかりました。オリビアさんの料理は本当に美味しいです」

「ララが熱心に料理をメモしていたのは、そういうことだったのね」

「違うんです！　最初は純粋に美味しい料理の作り方を覚えたいと思っただけなんです」

アーサーとオリビアは「うんうん、いいよ、わかっているからね」という顔で温かくうなずき、ララは赤くなった。四人の夕食は穏やかに終わり、皆が互いに「おやすみ」と言い合って部屋に分かれた。


その夜遅く、『スープの森』に訪問者があった。

24　キツネの道案内

カリカリと何かを引っかく音。ロブがキューンと鳴く声。それに気づいて夜中に目を覚ましたのはアーサーだ。

「オリビア、起きてくれ、オリビア」

「んん？　なあに？」

「下で音がする。俺が見てくるから、君はドアに鍵をかけてここにいてくれ。騒がしくなったら、ドアの前にベッドを動かして塞げ。絶対に出てくるな」

「わかった。気をつけて」

アーサーは腰に巻き付けたホルダーに大型の短剣を収め、更に長剣を持った。

オリビアはアーサーが音を立てずに廊下に出るのを待って、鍵をかける。ベッドの中はぬくぬくと温かかったが、部屋の空気は冷えていた。緊張しているのもあり、震えが止まらない。

心の声を聞き取る力を解き放つ。何も聞こえない。耳を澄ませて待っていても、階下から大きな音は聞こえてこない。

やがて、カランとドアベルの音が聞こえてきた。

（ドアを開けたってことは、賊《ぞく》じゃないってことよね？）

鍵を開けて階下に行くべきかやめておくべきか。迷っていたらアーサーが戻ってきた。ノックされてから鍵を開けると、ちょっと困ったような顔のアーサーが寝室に入ってきた。

「君にお客さんだ」

「私？」

「キツネが来ている」

階下に下りようとするオリビアに、アーサーが後ろから毛糸のショールをかけてくれた。

「ありがとう」

「雪がかなり積もってる」

階段を急いで下り、ドアを開けると、オリビアの膝くらいの高さまで積もった雪の中に、キツネがいた。顔見知りのキツネだ。

「どうしたの？」

『人間　死ぬ　赤ちゃん』

「すぐに行くから！　待ってて」

階段を駆け上がり、服を着込みながらアーサーに事情を話した。

「俺も行くよ」

「助かります。出かけるってコリンに伝えてもらえる？　それと、グレタ《ララの馬》を借りることも」

「わかった」

アーサーは着替えを済ませ、コリンに事情を説明すべくドアをノックした。

「さあ、行きましょう」

「コリン、あとは頼んだ」

「出かけるって、こんな時間にどこに行くんですか？」

「詳しい事情は後で説明する」

コリンは何がなんだかわからない。ランプを持ったオリビアとアーサーが馬にまたがって深い雪の中へと出て行く姿を呆然《ぼうぜん》と見送った。ロブは一緒に行こうとしたが、だめと言われてしょんぼりと見送っている。

コリンはドアに鍵をかけながら、ブルブルと震えた。二階に引き返す途中でフッと笑い、自分がさっき見た獣の姿を思い出した。

「僕、まだ寝ぼけているんだな。二人がキツネの道案内で雪の中を出て行くなんて。うう、寒いっ。雪ですごく空気が冷えてる」

急いでベッドに戻り、丸まって眠ろうとするが、冷えてしまった身体が眠らせてくれない。何度も寝返りを打っていたが、途中で眠ることを諦めて一階に下りた。

台所に立ち、少し考えてからかまどに火を入れた。

「台所を暖めておこう。二人が帰ってきたら熱いお茶を淹れて、足を温めるお湯も必要かな。しもやけになったら大変だ」

初めて来た家の台所を無断で使うのは気が引けるが、『これは非常事態』と判断して大鍋いっぱいにお湯を沸かすことにした。

かまどの火に薪を足していると、ガチャガチャと音がして裏口のドアが開き、足元を雪まみれにしたララが入ってきた。

「明かりがついているから急いで来てみれば……。コリン、何をやっているの？」

「さっき、アーサーさんとオリビアさんがどこかに出かけたんだ」

「……そう。何かあったのね。それならお店の暖炉にも火を入れたほうがいいかも」

足についた雪を払い、ララは起き抜けだというのにキビキビと動く。しっかり者の恋人に、コリンが話しかけた。

「あの二人が何をしにいったのか、わかるかい？」

「さあ？　わからないわ。もしかしたら緊急の病人が出たのかも。あ、やっぱりそうよ。薬を入れてある肩掛けカバンがないわ。病人が出て呼ばれたのね」

ララは手早く店の暖炉に火を燃え上がらせ、そこにも大きな鍋をかけた。

「こんな雪だもの、お湯はたくさん沸かしておいて間違いはないわ。それと、すぐにおなかに入れられるものも用意しておいたほうがいいかしらね。コリン、私、何か食べ物を用意するわ。

あなたは眠っていいわよ。夜が明けるまでまだだいぶ時間があるもの」

「非常事態なんだろう？　僕だけのんびり眠るわけにはいかないよ。手伝えることを言ってくれ」

「ありがとう。じゃあ、私にお茶を淹れてくれる？　蜂蜜とミルクをたっぷり入れてね。私は簡単な玉ねぎスープを作るわ」


玉ねぎの皮を剥き、細く切ってバターで炒めるララ。そんな彼女を眩しそうに見ていたコリンが小鍋にお湯を沸かしてお茶を淹れる。お茶を手渡してから話しかけた。

「あのさ、僕、さっき寝ぼけていたらしい。キツネが二人を案内しているように見えたんだよ。あり得ないよね。ふふふ」

「ふうん。キツネが迎えにきたの」

「あれ？　君、本気で言ってる？　そんなことあるわけないよ」

ララは炒めていた玉ねぎから目を離してコリンに振り向いた。口は微笑み、目はいたずらっ子みたいにキラキラしている。

「もしかしたら、そんなことがあるかもしれないわよ？　そんな気がするわ。私も見てみたかったわ。キツネの道案内。コリン、おなかは？　空いてない？」

「ああ、こんな時間なのに、少しおなかが空いてるかも」

「パンにラズベリージャムとバターを塗ったの、食べる？」

「ああ、食べたいな。いいのかい？」

「もちろんよ。あなたに最初に食べさせるのがジャムを塗ったパンていうのが、ちょっと残念だけど、ま、いいか」

コリンは『最初に食べさせるのが』という言葉に心が浮き立つ。最初があるなら次もあるということだ。それはいつかな、と思う。

「ララと一緒に食べるなら、なんでも美味しいに決まってるよ！」

「ありがとう」

室内はかまどと暖炉の火のおかげで暖かい。


一方こちらはキツネの案内で街道を進んでいるアーサーとオリビア。

雪が積もっている夜道を二頭の馬は歩きにくそうに進んでいる。それでも徒歩よりはよほど速い。オリビアが馬の上からキツネに話しかけた。

「まだまだ遠いの？」

『近い』

「赤ちゃんは？」

『すぐ　死ぬ　赤ちゃん　泣く』

キツネの記憶を探ると、馬車の中から赤ん坊の声がしている。赤ん坊だけということはないから、大人もいるのだろう。脱輪でもしたのかと気が急《せ》くが、こちらも道を踏み外して馬が怪我でもしたら大変だ。

今はもう、見渡す限り平坦《へいたん》な雪野原で、どこまでが街道でどこからが荒れ地なのか、一見わからなくなっている。

キツネはヒョイヒョイと跳ねるように雪の中を進み、途中から沢のほうへと街道を外れた。一見すると平坦だが、わずかに傾斜《けいしゃ》があり、途中から急な勾配《こうばい》になっている。陽《ひ》が沈んでからだと、地元の人間以外にはわからないかもしれない。

キツネの後を追って傾斜を進み、ついに馬車を見つけた。

急斜面で馬車が横転している。馬はどうにか立っているが、馬車に繋がれているせいで自由になれず、オリビアたちを見て悲鳴のような声で鳴いた。

『助けて！　助けて！　動けない！』

「今、助けるわ」

二人同時に馬から飛び下り、雪の中を馬車に駆け寄った。御者《ぎょしゃ》の姿が見当たらない。アーサーが無言で素早く横転している馬車の側面によじ登ってドアを開けた。オリビアはその間に馬の手綱を外して馬たちを自由にした。

「御者も中だ。手伝ってくれるか」

「はい！」

オリビアが覗くと馬車の中には、赤ん坊を抱いた女性に覆いかぶさるようにして御者が眠っている。意識を失っているのかもしれない。二人がかりでまずは御者を引っ張り出した。御者は目を開けて「奥様とお嬢様が」と小声で訴える。

アーサーは横転している馬車から先に赤ん坊を抱いてオリビアに手渡し、それから女性を背負ってよじ登って出てきた。

女性の頬を叩き、手足をさすりながら声をかけると、どうにか意識を取り戻したが、ひどく眠そうだ。赤ん坊は細い声で泣いたが、すぐに眠り始めてしまう。


自分たちの様子を、キツネがジッと見ているのにオリビアが気づいた。

「知らせてくれてありがとう。これはお礼よ」

オリビアはそう言って、茹でただけの鶏肉を肩掛けカバンから取り出し、キツネに放る。キツネは器用に空中でパクッと口で受け止め、そのまま姿を消した。

「アーサー、急いで帰りましょう」

「ああ、急いだほうがよさそうだ。赤ん坊は俺が懐《ふところ》に入れて運ぶよ。大人二人は馬の体温でどうにか耐えてもらおう」

馬車を引いていた馬たちに御者と女性を一人ずつ乗せ、オリビアが女性と、アーサーが御者と二人乗りになった。相手の背中と自分の胸を密着させ、オリビアは女性の身体をさすりながら馬を進めた。アニーとグレタは後ろからついてくる。

途中から女性はガタガタと震え出した。身体が熱を生み出そうとしているのだ。歯がぶつかるカチカチという音も聞こえてくる。オリビアは女性の耳元で話しかけた。

「私の家に着くまで、絶対に眠らないで。赤ちゃんは夫が懐で温めていますから、安心して」

女性はガタガタと震えながらうなずいた。

アーサーの懐から、元気な泣き声が聞こえてくる。アーサーが何かを赤ん坊に話しかけ、女性は震えながら「生きてる。よかった」とつぶやいた。

25　玉ねぎとチーズのスープ

雪の夜の空気は顔に痛みを感じるほど冷たい。深呼吸すると胸の中がキリッとする。

（助けた三人は危ないところだった。あのままなら間違いなく凍死したわね）

あのキツネは人間が大嫌いだ。

心の会話で何度かやり取りをしたことがあるオリビアにさえ、心を許しているとは言い難《がた》い。

そんなキツネが見知らぬ人間の命の危険を知らせにきたのは、おそらくお礼の肉が目当てだろう。よくよく狩りがうまくいかず、空腹に耐えきれなかったのかもしれない。

だが、そのおかげで三つの命が助かった。

（一刻も早くこの人たちを温めなければ。店は冷え切っているだろうから、まずは暖炉に火を焚《た》くことからね）

オリビアは馬を進めながら手当ての段取りを考えていた。

ところが雪野原のはるか前方に、『スープの森』の窓が煌々《こうこう》と光を放っている。

「アーサー！　コリンが起きているみたい」

「部屋が暖まっているといいんだが」

「ああやって起きているんだもの、きっと暖めてくれているわよ」

『スープの森』に到着して馬を下り、よろめく女性をオリビアが、やや足元がしっかりしてきた男性をアーサーが抱えて玄関へ急ぐ。

馬車置き場から店の玄関まで、雪かきされて道が作ってあった。玄関にたどり着く前にドアが開き、ララが飛び出してきた。

「お帰りなさい！　病人ですか？」

「この二人は身体が冷え切っているの。雪の中で眠っていたのよ」

「大変！　さあ、お店は暖めてあります」

中に入ると店の中はホッとする暖かさで、オリビアは思わず笑顔になる。

「ああ、暖かい。ありがとう、ララ、コリン。本当に助かったわ」

「いえ、このくらい。そちらのお二人は顔が真っ青《さお》ですね。早く温めなくては」

「温かい飲み物もお願い」

暖炉の前に女性と御者を連れていって座らせる。ララは玉ねぎとチーズのスープをカップに入れて運び、コリンは桶《おけ》にお湯を入れて二人の足元にひとつずつ置いた。

「足を温めると身体が温まるのも早いですよ」

コリンが優しい笑顔でそう言うと、女性が青い顔で頭を下げた。

「ありがとうございます。わたくしはベサニー・ダーリーズと申します。夫が病で危篤《きとく》だと聞いて、じっとしていられず、無理を言って雪の中実家を出発してこの有様です。あやうくパトリシアもチャーリーも死なせてしまうところでした」

女性は歯をカチカチ言わせながらも礼を述べる。（旦那さんが危篤なのに気丈な女性ね）とオリビアは感心した。

赤ちゃんがまた泣き出した。アーサーが懐から赤ちゃんを取り出すと、ベサニーが抱かせてほしいと腕を伸ばす。お乳を含ませたいというベサニーの胸元にショールをかけてから、オリビアはララに指示を出した。

「ララ、急いでお湯を沸かしてくれる？　この子をお湯に入れてあげたいの」

「お湯なら大鍋でたっぷり沸かしてあります！」

「気が利くわね。助かる！」

オリビアは赤ちゃんをお湯で温めるべく洗濯桶にお湯と水を入れ、ほどよい温度になるよう加減した。ララが頃合いを見計らってお乳を飲み終えた赤ちゃんの服を脱がせて手渡す。

赤ちゃんは裸にされて再び泣き始めたが、お湯に浸けると静かになってウトウトし始めた。赤ちゃんの身体がすっかり温まってから、暖炉の前で温めておいた服を着せて毛布にくるんだ。

「ララ、瓶にお湯を入れてから、布で巻いて。それをお二人の服の中に」

「はいっ」

ベサニーと御者は玉ねぎとチーズのスープを飲み干し、蜂蜜をかけたパンを食べ、やっと頬に赤みが戻ってきた。だが表情は暗いままだ。

「なんとお礼を言ったらいいのか。あなたがたは命の恩人です」

「奥様、馬車を横転させてしまい、申し訳ございませんでした」

「いいえ、チャーリー。元はと言えば、護衛を集める時間を惜しんで雪の夜道を出かけた私がいけないの。チャーリー、あなたが無事で、本当によかったわ」

「奥様が意識を失って、どうしたらいいのか判断がつきませんでした。このご夫婦が来てくれなかったら、今頃どうなっていたことか」

確かに、男性一人で意識を失った夫人と赤ちゃんの両方を連れて歩くのは無理だ。かといって助けを求めて馬車を離れれば、夫人と赤ちゃんは助からなかっただろう。

オリビアは（私も同じ状況だったら、どうしていたか）と思う。

労り合う二人は途中から涙ぐんでいる。

ふとベサニーが気づいたらしい。「なぜあの場所がわかったのですか？」とアーサーに不思議そうに尋ねた。

その手の質問に慣れていないアーサーが困った顔になってオリビアを見る。オリビアは微笑み、落ち着いた態度で質問に答えた。

「雪が積もった夜に、あそこに入り込んで大変な目に遭う人が数年に一度はいるのです。それを思い出したら気になって気になって。夫に付き添ってもらいながら様子を見にいきました」

「そんな奇跡みたいなこと」

「あるものですね。きっと神様が私に思い出させてくれたんだと思います」

「そうね。きっとそうだわ。なんてありがたいこと」

ベサニーはそう言ってその場で目を閉じ、胸に両手を重ねて感謝の祈りを捧げた。

オリビアとアーサーは台所へ行き、自分たちもお茶を飲むことにした。濃いめに入れたリンゴのお茶にたっぷりと蜂蜜を入れて、ふうふうと吹き冷ましながら飲む。

アーサーが店のほうを気にしながらオリビアに話しかけてきた。

「説明はあれでよかったのか？」

「ええ。人は信じたい話を信じるものだから。あの説明でベサニーさんが安心するならそれでいいのよ。キツネが知らせにきたなんて言ったら厄介なことにしかならないわ」

「それもそうだな」

ララには「もう大丈夫だから。ありがとう」と言って部屋に戻らせた。コリンの申し出でコリンの部屋にベサニーと赤ちゃんが、コリンとチャーリーは暖炉の前で寝ることになり、暖炉の前にあるだけの敷物や毛布を積み上げた。

オリビアとアーサーも自分たちの寝室に入ったが、アーサーが何かを考えている様子。

「アーサー、どうかした？」

「〝ダーリーズ〟って、傭兵時代に一度雇われたことがある商会じゃないかな。建築関係の大きな商会だった。従業員もかなり多かったはずだ。その商会の主人が危篤なら、結構大変なことだと思うよ」

「そうなの……」

話はそこで終わり、二人は寄り添って眠った。


三時間ほど眠ってオリビアは目を覚まし、まだ眠っているアーサーの隣からそっとベッドを抜け出した。店の暖炉の前で眠っているチャーリーとコリンを起こさないよう、そっと暖炉に薪を足し、音を立てないように気をつけながら朝食を作る。

麦と冬野菜をたっぷり使った卵スープ、バターでこんがり焼いたパン、自作のベーコンとほうれん草の炒め物。朝からしっかりしたメニューなのは、昨夜遭難しかけた大人二人に体力を取り戻してもらいたいからだ。

「おはようございます。おかげさまですっかり元気になりました」

「あら、チャーリーさん。起こしてしまいましたね」

「いえ、旦那様が心配で寝ていられなくて。奥様も同じお気持ちかと」

「かなり状態がお悪いのでしょうか」

「はい。しばらく体調不良が続いていらっしゃいましたが、急に悪化したそうで。旦那様に何かあったらと私も……」

「あの、もしよろしかったらですけど、私は王城の薬師様から薬師を名乗ることを許されています。すでにお医者様が呼ばれているでしょうけれど、私でお力になれるようでしたら、なんでもおっしゃってくださいね」

チャーリーは曖昧にうなずくだけで、迷っているようだった。

(地方の食堂の若い店主が薬師と名乗ったところで、任せる気になれないのは当たり前か)

オリビアはそれ以上何も言わなかった。


太陽が顔を出すと、ベサニーも赤ちゃんを抱いて下りてきた。

「お乳を与えているんですもの、おなかが空くでしょう。たくさん食べてください」

「ありがとうございます。いい匂いでおなかが空いて目が覚めました」

そういうベサニーの目が赤い。昨夜泣いたのだろうか。二人は美味しい美味しいと言いながら朝食を食べ、「申し訳ないがすぐにここを立ちたい」と言う。

「わかりました。うちの馬車で奥様を王都までお送りしましょう。この雪では陽のあるうちしか動けませんから、早めに出発しましょう」

「助かります。このお礼は必ず」

そう言うベサニーに「お礼なんていいですよ」とだけ答えてオリビアは出発の準備をした。


今回もララが店を任され、仕事があるコリンはララを心配しながらもマーローの街へと帰っていった。アーサーは例によって付き添うと言い張り、アーサーの職場にはコリンが事情を説明してくれることになった。

「オリビアさん、この雪ですから、店にはきっとお客はほとんど来ませんよ。少しのお客様なら私一人で大丈夫。安心して任せてください」

「いつも悪いわね、ララ。馬車も借ります。行ってくるわ」

黒犬のロブは連れていってもらえないことを言われずとも理解しているらしく、『悲しい寂しい』としょぼくれている。

猫のダルは深夜に見知らぬ人たちが入ってきたときから姿を消していたが、オリビアたちが出かけるのを階段の上から眺めている。『出かける　早く　帰ってこい』と不満そうだ。

太陽が顔を出しても外は寒く、御者のチャーリーも馬車に乗っている四人も皆、着ぶくれしている。四頭立ての馬車は雪道でも問題なく進み、三日後には王都に着いた。

26　ダーリーズ商会のかかりつけ医

ダーリーズ商会は、王都の繁華街の中でもひときわ大きい商会だった。

店の前に馬車を停め、御者のチャーリーが「奥様とお嬢様をお連れしました！」と声をかけると、わらわらと従業員たちが飛び出してきた。

「奥様！　お帰りなさいませ！　さあ、お早く！」

年配の女性がベサニーの抱いている赤ちゃんを受け取り、店の奥へと引っ張るようにして連れていく。

アーサーとオリビアが馬車を降りるか降りないかのところで、こちらも年配の男性が駆け寄り、チャーリーに「こちらは？」と尋ねる。

「デリックさん、このお二人は私たちの命の恩人です。雪の中で馬車が転倒して凍死寸前のところを助けていただきました」

「それは大変お世話になりました。是非お礼をさせてくださいませ。さあ、奥へどうぞ」

「ええと、私たちは……」

オリビアは（ここで中に入ればお礼が欲しくて来たと思われそう）と迷った。

妻の迷っている心中を察したアーサーが、失礼にならない程度に素早く男性を押しとどめる。

「我々はお礼が欲しくてここまで同行したわけではないのです。ご主人様のお加減が悪いと聞いて、薬師の妻が心配して来ただけです。妻は王城の薬師様から知識と腕前を認められた薬師です。すでにお医者様が診察済みとは思いますが、何かお役に立てることはありませんか？」

普段は口数の少ないアーサーが珍しく言葉を並べて説明している。

（アーサーが私のために頑張ってくれている。尻込《しりご》みしている場合じゃないわ）

先ほどからデリックの（この垢抜《あかぬ》けない夫婦が命の恩人か。お礼に金貨を何枚か渡しておけばいいかな）という心の声が漏れていて、ここまで来たことを後悔し始めていたところだった。

「失礼いたしました。道端で立ち話ではあまりに失礼と私が叱られてしまいます。さあどうぞ、奥へ」

（わざわざ来たのはお礼が目当てだろうに）

この手の人間に対しては距離を置くことで自分を守ってきたオリビアだが、（私を心配してくれているアーサーのためにも、頑張ってみせる）と勇気を出した。

「お礼目当てと思われるのは嫌なので、最初にはっきりさせてください。報酬は不要です。ベサニーさんの旦那さんに会わせていただけませんか」

「旦那様にですか。少しの時間でしたら大丈夫でしょう。さあどうぞ」

（こんな若い人じゃ、薬師といってもね。どこまで頼りになるのやら）

久しぶりに心と言葉がかけ離れている人間の厄介さに触れた。たまらず一度目を閉じる。

普段、自分がこの手の不愉快さ醜《みにく》さに触れずに生きていることに、改めて気づかされる。


デリックに案内されて店の奥から階段を上り、住居部分へと進む。彼は廊下の突き当たりのドアを開けて声をかけた。

「奥様、同行してくださったご夫婦が旦那様に面会なさりたいそうです」

「どうぞ、入っていただいて」

オリビアとアーサーが入ったのは、広く日当たりもいい部屋。中は暖炉の熱でムッとするほど暖かい。

泣いていたらしいベサニーが顔を上げてうなずいてくれたので、オリビアはベサニーの隣に立った。

「夫のサミエルですわ。意識はありますので、どうぞ」

ダーリーズ商会の会長であるサミエルは衰弱していた。目は落ちくぼみ、青白く張りのない肌。唇がカサカサだ。

「水が足りていませんね。ぬるま湯をたっぷり持ってきていただけませんか。砂糖と塩、それとスープ用のスプーンも二本お願いします」

「デリック、お願い」

「かしこまりました」

　デリックが出ていくのを待って、オリビアはベサニーに質問した。

「お医者様に診ていただいているんですよね？」

「そのはずですわ。どうして？」

「ご主人は明らかに水分が足りていません。これでは身体が自分で病を治そうとしても上手くいきません」

「まあ。では今度、先生に聞いてみますわ」

　デリックが戻ってきて、侍女らしい女性が言われたものをトレイに並べて運んできた。オリビアはトレイごと受け取り、カップに目分量で砂糖、塩、ぬるま湯を入れスプーンでかき回した。

　スプーンで味見してからひと匙《さじ》ずつ病人の口に垂らすようにして飲ませる。それを見ながらベサニーがデリックに問いただした。

「ジーン先生には来ていただいているのよね？」

「もちろんでございます。昨日も診察していただきました」

　オリビアが思わず口を挟んだ。

「どんなお薬を？」

「滋養強壮のお薬です。それと、瀉血《しゃけつ》していただきました。黒ずんだ汚れた血をたっぷり取り出していただきましたよ」

「瀉血、とは？」

「汚れた悪い血を抜いて捨てるのですよ。ご存じないんですか？」

　オリビアはギョッとして思わず振り返り、聞き返した。

「捨てる？　病人から血を抜いて捨てるのですか？」

「はい。さようでございます。最新の治療法だそうで、病が重いほど血が黒くなるとおっしゃっていましたよ」（田舎の薬師だから瀉血も知らないんだな）

　オリビアは衝撃を受けたものの、すぐにどうやったらその馬鹿げた治療をやめさせられるかと頭を働かせた。

　デリックとベサニーの様子を見ていると、古株のデリックが家のことを仕切っている雰囲気だ。主の妻でありながら、ベサニーは何も言えないのかもしれない。

　ならばデリックを納得させるのが早道だ。そして彼のようなタイプの人間は権威に弱いのではないか、と思う。

　オリビアはデリックが席を外したときを選んでベサニーに話を持ちかけた。

「ベサニーさん、王城の薬師様は瀉血という手段は取らないと思いますが」

「そうなんですか？　でも、王城の薬師様は、たとえ金貨を積んでお願いしても、私たちのような平民は診てくださいませんもの。その先生は、元は王侯貴族を診ていた方なのに、私たち平民にも、お優しく治療を施《ほどこ》してくださる方なんです」

「王城の薬師の方でしたら医師の資格もありますから、安心できると思います。知り合いの方がいますので、私がなんとかできるかもしれません」

「本当ですか！　診察代はいくらかかっても構いません。お願いできますか？」

「手紙を書きます。今日の今日は無理かもしれませんが」

「それでも結構です。どうか、お願いいたします」

オリビアはベサニーに頼んで便箋《びんせん》とペンを借りると、王城勤めのユリス医師に宛《あ》てて今回の事情を詳しく手紙に書いた。

ユリス医師は、以前流行り風邪が大流行したときにニガミイモの薬効に気づいた医師だ。判断も行動も早く、オリビアの住むマーレイ領までニガミイモ採取に来た、柔軟な思考の人である。

手紙を書き終え、封筒に「オリビア・イーグルトン・ダリウ」と名前を書いて、デリックではない使用人に王城まで運んでくれるよう頼んだ。

「ニガミイモの場所を教えた薬師だと言えば話が早いと思います」

「ニガミイモ、薬師、オリビア様ですね。すぐに行って参ります」

　砂糖と塩が入ったうすら甘いぬるま湯を、サミエルはいくらでも飲みたがる。よほど喉が渇いていたようだ。一気に飲ませると吐くかもしれないと用心して、オリビアはほんのわずかずつ口の中にスプーンで流し込む。

　かなりの時間をかけて、サミエルはカップ二杯の砂糖入りぬるま湯を飲み干した。

　もう声が出ないのか、小さくうなずいて目を閉じる。そのサミエルから心の声が流れ込んでくる。

『ああ、楽になった。だが足の先が冷えてつらい』

「ベサニーさん、ご主人の爪先《つまさき》が冷えてないか、触って確かめてくださいな」

「はい。……あっ！　ひどく冷えています」

「では湯たんぽをすぐに。できれば三つ」

「はい！」

　たちまち湯たんぽが運ばれてきて、オリビアはそれを足先に一個、左右の脇腹に一個ずつ置いた。寝息を立て始めたサミエルの顔色にわずかに赤みが差してくる。

「ありがとうございます。夫の顔色が良くなってきました」

「あの、余計なことを申し上げるようですが、ジーン先生は何歳くらいの方ですか？」

「四十くらいかしら。なんでも他国で高位貴族のお抱えだったそうですよ。今、王都で大変に評判がいい先生です」

「そうでしたか」

（ユリス先生、お願いです。力を貸してください）

高名な医師が血を抜いて捨てるなどということをしているのなら、止めなければ。

祖母は『血液が病と闘ってくれる』と繰り返し言っていた。『全ての生き物の体に無駄なものはない』とも。

汚れた血を捨てれば治る、という考えは一見説得力があるように聞こえるが、オリビアには到底信じがたい。


その日は王都のホテルに部屋を取り、アーサーと二人で「疲れたね」と言い合った。夕食を食べて部屋に戻った。

「オリビア、あのデリックって男、俺は気に入らない」

「私もよ。だけどあのままにはしておけないわ。毎日のように血を抜いて捨てるって、どう考えてもよくない気がするの。それと、私はあなたがフレディ薬草店を首にならないか心配だわ」

「フレディさんには了解を得てあるんだ。『オリビアを守るためなら、仕事を休んでも一切文句を言うつもりはない』ってね」

その言葉を聞けば、祖父母がどれだけ人々に慕《した》われていたのかよくわかる。

「そう言ってもらえるのは、祖父母のおかげね。自分を受け入れて愛してくれたあの二人に、私は今も守られているんだわ。私は、目に見えない遺産を受け取っていたのね」

アーサーは何も言わず、静かにうなずいた。

翌朝、御者のチャーリーが迎えにきた。何やら大変に慌てている。

「大変なことになりました。オリビア様に一刻も早く来ていただくように、と奥様がおっしゃっています」

事情を聞いても、チャーリーは「私には何がなんだか」と言うばかり。（水分を与えて身体を温めただけだから病が悪化するわけはない）と思いながらも、緊張してダーリーズ商会に足を踏み入れた。

商会は、ザワザワしている。

王都警備隊の人間が帯剣したまま使用人に話を聞いている。何があったのか。

驚いていると、アーサーがオリビアの隣にピタリと身を寄せてきた。

「何かよほどのことがあったな」

「そのようね」

すると明るい声がかけられた。

「オリビアさん、お久しぶりです！」

「ユリス先生！　もう動いてくださったんですね。ありがとうございます」

「あなたが手紙をくれてよかった。ずっと噂になっていた偽《にせ》医師を捕まえることができました」

「偽医師……偽？　ジーン医師という人は、偽医師だったんですか？」

「正しくは元医師。他国で医師として働いていた人物です。瀉血に固執《こしつ》したせいで、何人も貴族を衰弱死させていたそうです。医師の資格を取り上げられ、投獄されるはずだったんですが、捕まる前に我が国に逃げ込んでいたようです。そしてまた患者に瀉血を繰り返していたのです。ここの主も重度の貧血で危ないところでした」

「オリビアさんから手紙をもらって、すぐ警備隊に連絡を入れました。ジーンが指名手配されている事情を説明したら、警備隊の動きは早かったですよ。捕まえる手はずを整えてからジーンという男を呼び出してもらったのです」

「そうでしたか」

「連絡してくれて助かったよ」

「いいえ。ユリス先生、サミエルさんの容体《ようだい》は？」

「ああ、診たよ。危ないところだった。何か月にもわたって血を抜かれ続けていたから衰弱がひどい。回復するにはしばらく時間がかかるだろう。おそらくサミエルさんの本来の病は、肝臓にあると思う。だけど彼の場合は、無理せずに養生《ようじょう》すれば、そこそこ長生きできるはずだ」

若く勉強家で腕も知識も認められているユリス医師が診てくれるなら、安心だ。

「君があと少し遅かったらと思うと恐ろしいよ。ジーンは母国で裁《さば》かれるだろう。サミエルさんの今後は僕が責任を持って預かるよ」

「ありがとうございます。それをうかがって安心しました」


ベサニーに声をかけられ、オリビアとアーサーはユリスと別れてベサニーの部屋に入った。

「オリビアさん。このたびは本当にありがとうございました。あなたには私と娘とチャーリーの命を救っていただいただけでなく、こうして夫の命まで。このご恩は一生忘れません。お礼はいらないとおっしゃったそうですが、そんなことをおっしゃらずに、受け取ってください」

「いいえ。お礼が欲しくて人助けをしているわけではありませんので。本当にお礼は結構です」

ベサニーは重ねてお礼をと申し出たがオリビアは断り続けた。

そこへデリックがやってきて「警備隊が奥様を呼んでいます」と言う。ベサニーが出ていくと彼はオリビアたちに話しかけてきた。

「今、商会は取り込んでおりますので、しばらく奥様はお時間が取れません」

「そうですか。では私たちは帰ります」

「さようでございますか。このたびは大変お世話になりました」

(ジーン医師を紹介した俺のメンツを潰しやがって。田舎町の薬師ごときが、全く余計なことをしてくれたものだ)

デリックは丁重な態度の内側でオリビアを罵っていた。オリビアの顔が強張る。

「デリックさん、ジーン医師はどなたが連れてきたんですか？」

「商会の内部のことは外部の方にはお話しできません。申し訳ございません」

（闇賭博場《やみとばくじょう》で知り合ったなんて、絶対に知られるわけにいかない。捕まったあいつがしゃべらなければいいのだが）

「では、最後にユリス医師に挨拶だけして帰ります」

「そうですか」

デリックが闇賭博場を思い出したときに、一瞬だけ思い浮かべた猫の姿を心に刻み、オリビアはアーサーと共にサミエルの寝室へと入った。

27 猫のスノー

ユリス医師がサミエルの脈を診ている。

「ああ、オリビアさん。もう帰るのかい？　少し話がしたいのだが」

「ええ、ぜひ」

商会を出て、オリビア、アーサー、ユリス医師の三人だけになった。

「流行り風邪に続いて、君にはまた助けられた。ありがとう。ジーンのような自分のやり方に固執する医師は、案外多いんだ。瀉血をした患者が自力で治っても『この方法で治った』と自信を持ってしまうんだろうね」

「そうですか」

「オリビアさん、そのうち長期休暇をもらうことがあったら、あなたのお店に行ってもいいだろうか」

「もちろんです！　ぜひいらしてください。薬草やキノコが豊富な土地ですので、きっとユリス先生の興味を引く薬草もあると思いますわ」

「うん。薬草も楽しみだけど、オリビアさんの手料理を食べてみたいよ」

「ぜひ。大歓迎いたします」

デリックのことは言い出せないまま、オリビアとアーサーはダーリーズ商会を後にした。帰り際《ぎわ》にまた、ベサニーに金貨が入っていそうな革の小袋を差し出されたが、きっぱり断った。

そのやり取りをデリックが面白くなさそうな顔で見ていたので、余計に（絶対に受け取りたくない）と思った。


二人きりになると、アーサーがすぐにオリビアに話しかけてきた。

「オリビア、どうした？　何かあったんだろう？」

「ええ。デリックはジーンと闇賭博場で知り合ったみたい。彼をこの家に呼ぶよう口利きしたのはデリックだわ」

「ふうん。闇賭博場か。だけど俺たちが警備隊に通報したところで、現場を押さえない限り、どうにもならないな。場所がわかればいいんだが」

「それがね、なんとかなるかもしれないの。デリックが賭博場を思い浮かべたとき、賭博場の中にいる猫を一瞬だけ思い浮かべたのよ。ネズミ対策で飼っているのかもね。白くて長い毛の青い目の猫。かなり大きかったわ」

「ふむ。それで？」

「あの猫が外に出ることがあれば、必ず他の猫が知っているわ。猫は縄張りにこだわるから。

猫にその白猫の家を聞けば、闇賭博場の場所がわかるわよ」

うんうん、とうなずきながらアーサーが話を聞いている。

「オリビア。せっかく王都まで来たんだ。その猫を探そうか」

「いいの？　本当にフレディ薬草店を首にならないといいのだけど」

「仕事に戻ったら、休んだ分まで働きまくるよ」

「それなら私は、あなたが首にならないよう、薬草を大量に付け届けするわ。私の夫をよろしくお願いしますって」

「そりゃ心強い」


笑顔で歩くアーサーは内心、別のことを考えていた。若くて優秀で整った顔のユリス医師がオリビアに向ける笑顔が気に入らない。

（俺のオリビアに馴《な》れ馴《な》れしくしすぎる。料理ならいくらでも王都にうまい店があるだろうに）アーサーはそう思いつつ二人の会話を聞いていたのだ。

だが、オリビアにそんな胸の内を読み取られて『心が狭い』と思われるのは避けたい。仕方なく、意識して愛馬のアニーのことを考えながら歩いた。

オリビアはユリス医師と会話している時点でアーサーの焼きもちを感じ取っていたので、今、必死にアニーを思い浮かべて嫉妬心《しっとしん》を隠そうとしているアーサーが可愛くて仕方ない。

二人は王都の繁華街に行き、大通りで買い物をしてから一本外れた裏通りに入った。王都も雪が降ったらしいが、四十センチ以上積もったマーレイ領に比べたらたいしたことはない。

ただ、道の両脇には雪かきされて氷のように固くなった雪の小山が並んでいて、石畳は冷え切っている。

その冷たい石畳の通りを、灰色の猫がゆったりと横切っている。オリビアはしゃがんで視線を低くしてから話しかけた。

「こんにちは。白い猫を探しているの。知っていたら教えてくれないかな」

猫は歩みを止めてチラリとオリビアを見る。

『白い猫　たくさん』

「白くて長い毛で、青い目の大きな猫なの」

『珍しい　人間』

灰色猫はオリビアが自分の心を読み取っていることにすぐ気づいた。

用心しながらこちらに向かうが、あからさまにアーサーを警戒している。その様子を見て、アーサーはゆっくりとオリビアから離れた。

「さっき言った猫、知ってる？」

『その白猫　黒猫　仲良し』

「じゃあ、仲良しの黒猫でもいいわ。会いたいんだけど」

『来い』

くるりと反対側を向いて歩き出した灰色猫。オリビアとアーサーはその後ろをついて歩く。

灰色猫は石畳をスタスタと進み、やがて古い集合住宅の前まで来ると、外階段を上っていく。

「オリビア、どうする？」

「大丈夫。猫は人間が思っている以上に頭がいいの。待っていればきっと……ほら、ね？」

灰色猫が黒猫を連れて外階段に戻ってきた。

二匹の猫はトントンと階段を下りて、オリビアの前まで来た。黒猫が警戒心をむき出しにしてオリビアに話しかけてきた。

『スノー　どうする』

「スノーっていう名前なのね。その猫がいる家に行きたいの。絶対にスノーを虐《いじ》めたりしないわ。安心して」

『いいよ　スノー　こっち』

灰色猫と黒猫はときどき後ろを振り返っては『人間　遅い』とつぶやきながら道案内をしてくれる。

二匹の猫が案内してくれた建物は、裏通りから更に奥に入った建物だった。周囲の建物は荒れた感じがするのに、その建物は手入れが行き届いている。金回りがいいのだろう。

『ここ　スノー　家』

「わかった。道案内をありがとう」

『ニク　ほしい』

黒猫が家を教えてくれて、灰色猫が肉を要求する。どうやら蒸し鳥の匂いを嗅ぎつけていたらしい。オリビアは、さっき大通りで買っておいた蒸し鳥を少しちぎって二匹の猫に与えた。

『スノー　来た』

「ん？」

黒猫に言われて見上げると、大柄で真っ白な猫が外階段の上からこちらを見下ろしている。

デリックが一瞬だけ思い浮かべた猫に間違いない。それを確認して、オリビアはアーサーを促して馬車まで戻った。


「あの猫で間違いないのかい？」

「ええ。デリックが通っている闇賭博場は間違いなくあの建物よ」

「じゃあ、ここから先は俺に任せてくれ。警備隊には伝手《つて》があるんだ」

「へええ。王都の警備隊に伝手があるなんて、アーサーはすごいのね」

「そんな尊敬の眼差しをするほどのことじゃないよ。俺が何年傭兵をしていたと思っているんだい？」

苦笑するアーサーをますます尊敬の眼差しで見上げるオリビア。アーサーは笑いながらオリビアの頬にキスをした。

「まあ、任せてくれ」


アーサーは馬車を王都警備隊の本部へと進ませ、オリビアを伴って建物の中へと進む。

受付で少し会話しただけで、すぐに奥の部屋へと通された。責任者らしい男性がアーサーに対して丁寧な口調だ。

オリビアはアーサーが傭兵として有名だったことを思い出し、（本当に有名だったのね）と感心した。

アーサーは警備隊のお偉いさんとしばらく話し込み、「じゃ、お任せしましたよ」と笑顔で握手をして部屋を出た。


その夜十時頃、アーサーはオリビアを連れてスノーという猫がいた建物の様子を見に向かった。

闇賭博場は、なだれ込んだ警備隊の手によって大変な騒ぎになっている。連行されていく客の中にデリックがいて、オリビアはそれを見て「ふっ」と笑う。

自分が連れてきたジーンのせいで主が殺されたかもしれないのに、自分のメンツのことばかり考えていたデリック。オリビアはどうしても彼を許せなかった。

縄をかけられて連行されていく男たちを眺めていると、二人の足元にスノーが近寄ってきた。そして「にゃあん」と鳴く。オリビアには『一緒に連れていってよ』と聞こえる。

「飼い主が捕まったの？」

『連れていかれた　あそこ　キライ　いじわる　男　いっぱい　苦しい』

スノーはよくしゃべる猫のようだ。

よく見ると長い毛のあちこちに毛玉ができていて、可愛がってもらっているとは言い難い有様。毛がふさふさしているから一見体格が良く見えるものの、背中を撫でると背骨がはっきり指に触れて、かなり痩せているのがわかる。

「うち、猫と犬とヤギと馬がいるけど、それでいいならいらっしゃいよ」

『行く』

スノーは即答すると、アーサーを見て、ぷりぷりとお尻を振って狙いを定め、ぴょんと胸に飛び込んだ。

素早くスノーを抱きとめて、アーサーが驚いた。

「俺、猫にこんなことされたのは初めてだ。よしよし、俺が気に入ったか。俺と一緒に行こう」

「にゃぁぁ」『お前　気に入った』

スノーはアーサーに抱かれながらゴロゴロと喉を鳴らしていたが、角を曲がるときに一度だけ腕から身を乗り出して建物を振り返った。

オリビアはスノーの心が寂しさに染まったのを感じる。

スノーの記憶では、どうやら優しい女性従業員が一人はいたらしい。おそらくその従業員も連行されているだろう。

しかし、スノーの心はすぐにアーサーに向いた。

「アーサーはとても強くて優しい、いい人間よ」

『いい人間　気に入った』

スノーは長く豪華な尻尾をゆったりと動かし、アーサーの腕をパシン、パシンと叩いている。

アーサーが優しくその背中を撫でた。

「にゃぁぁん」『わたしの　いい人間』

「スノー、俺と仲良くしてくれよ」

これがスノーとオリビア、アーサーの出会いである。

28　ダルの籠城《ろうじょう》

スノーは御者席のアーサーの腿《もも》の間に陣取って眠っている。

「スノー、寒いだろう？　馬車の中でゆっくり眠ったほうがいいんじゃないか？」

「にゃあん」『ほっといて』

「風が冷たいだろう？」

「にゃん」『いい　ここ　いる』

『猫　生意気　私の　アーサー』

アーサーの甘々の語りかけに応えるスノーはマイペースだ。

ほのぼのしたやり取りを聞いていると、オリビアは思わず顔が緩んでしまう。そこに交じる
アニーの心の声がなかなかに不穏だ。

馬のアニーはアーサーが大好きだから、アーサーの愛情を一身に浴びているスノーが気に入らないらしい。

「アーサーは人間にも動物にも人気があること」

猫と馬の声を聞いていると、馬車旅も飽きることがない。

合間合間にララの馬グレタが『どうでもいい』と我関せずなことを言うのも、聞いていて面

白い。マーレイ領はもうすぐだ。

「ただいま、ララ。お世話になりました」

「お帰りなさ……アーサーさん、その猫はどうしたんですか？　綺麗な猫！」

「ただいま、ララ。この猫は王都で飼われていたんだが、飼い主が逮捕されてしまったんだ。で、うちの猫になった。スノーという名前だ」

「た、逮捕……」

「詳しい事情は後で話すわ。まずはヤギたちにスノーを紹介してこなきゃ」

　オリビアがスノーを抱こうとしたが、スノーは『イヤ』とアーサーのシャツに爪を立ててしがみつく。

　黒犬ロブは『猫　おっきい　猫　ヨロシク！　ヨロシク！　ボク　ロブ！』と大歓迎している。スノーは淡々《たんたん》としていて、ロブを嫌がることもなく、愛想《あいそ》を振りまくこともない。

「ピートのところには俺が連れていくよ」

「スノーはすっかりアーサーの猫になったみたいね」

「俺は猫に怖がられ続けてきたのにね。スノーは珍しい猫だよ」

「きっと賢いのね。あなたが優しいことを見抜いているのよ」

　アーサーがにこにこしている。オリビアは（よっぽど嬉しいのね）と笑いを堪えながら一緒にヤギ小屋に向かう。
ピートとペペは、ダルのおかげでだいぶ猫に慣れたらしく、
「メッ」『また猫　きた』
「メッ」『また猫』
と言っただけであまり関心がない様子。

「オリビア。ダルが出てこないな」

「私たちが帰ってきたことは、二階の窓から見てたわよ」

「何か言ってたかい？」

「それが……」

ダルの大騒ぎを思い出して、オリビアは苦笑してしまった。ダルは馬車の音を聞きつけて、日向《ひなた》ぼっこしていた二階の窓で『来た！　帰ってきた！』とワクワクしていた。

だがアーサーがスノーを抱いて家に向かってくるのを見た途端に
『わっ！　猫！　おっきい！　イヤー　猫　イヤー！』

と叫んで大慌てでどこかに隠れてしまった。

そのときダルの心に浮かんだのは、行商人の馬車に置き去りにされ、一匹で街道を歩いているときのことだった。

　町育ちだったらしいダルは、荒れ地を歩いている間は獲物を捕まえることもできずに常に腹を空かせていた。集落や町に着くと、人家の周りをうろついて食べ物を探していたようだ。

　だがどこの集落や町にも、そこに住んでいる猫の縄張りがある。ダルは行く先行く先でボス猫に追いかけられ、噛みつかれそうになった。


「アーサー、ダルは私が探してくるわ。スノーに水を飲ませて。それから洗わなきゃ」

　オリビアは二階に上がってダルを探す。

「ダールー。どこにいるのぉ？　怖くないから出ておいでぇ」

『イヤ　猫　コワイ　おっきい猫　コワイ』

「怖くないわ。スノーはねえ、可愛がってくれる人がいなくて気の毒だったの。きっとダルと仲良くなれるわよ」

『仲良く　いらない　猫　コワイ』

「見つけた。こんなところにいたのね」

『イヤ！　イヤ！　ここから　出ない』

　ダルはベッドの下の隅にいた。体を縮めて目を金色に光らせている。いつもはクールなダルなのに、放浪中に追いかけ回され、噛みつかれ、ボス猫の縄張りから追い払われたことがよほど恐ろしい記憶として心に刻まれているらしい。

ときどきダルの心からそのときの恐怖が流れ出ていたので、オリビアはおおよそのことは理解していたつもりだったが、ダルの猫に対する恐怖はかなりのものだった。

「この部屋にずっといるの？　スノーよりダルのほうがこの家のこと、詳しいでしょう？　教えてあげればいいのに」

『イヤ』

「わかった。じゃあ、ダルがスノーに会いたくなるまで、ここで暮らしたらいい。夕飯はここで食べる？」

『ウン』

「気が変わったら、スノーにも挨拶してね」

『イヤ』

オリビアは小さくため息をついて寝室を出た。


アーサーはスノーを抱いたまま暖炉の前で座っていた。

スノーは洗われて濡れた毛皮をせっせと舐めている。洗ってもらったスノーは、その名の通り白さを取り戻していた。

「ダルはどうした？　スノーに挨拶しないの？」

「ダルは猫が怖いんだって。きっとそのうち出てくると思うけど、今は寝室のベッドの下にいるわ。ごはんも寝室で食べるんだって」

「そうか」

「まだ子猫だった頃に、行く先々でボス猫に追いかけ回されたのよ。それがよほど堪《こた》えたみたい。猫も人間も、心に傷を負うのは同じね」

「いいのか？　そのままにしておくの？」

「大丈夫。そのうち出てくるわ。ダルは賢いし、強い猫だもの」


ダルはその日から二階の寝室で一日を過ごした。用を足すときだけ大急ぎで階段を駆け下りて外に出て行く。しばらく森で過ごし、また大急ぎで階段を駆け上がり、まっすぐにベッドの下を目指して潜り込む。

だが二、三日もすると、階段の上のほうから下を覗くようになり、次第に階段の真ん中まで下りてくるようになった。


スノーはダルを気にすることもなく、前々からここで暮らしていたかのようにのびのびと行動している。庭を探検し、森の端っこを覗き、また暖炉の前に寝転ぶ。

今日も庭を歩き、クンクンとにおいを嗅いでいるスノー。付き添って庭にいるオリビアが二階を見上げると、たそがれた様子でダルがスノーを見下ろしている。

「そろそろかなあ」

「どうした、オリビア」

「ダルの籠城も、そろそろ終わるかなぁと思って」

「なんだかダルが可哀想《かわいそう》だな」

「ダルにはダルのペースがあるでしょうから、見守りましょう」

スノーもチラリと二階を見上げるが、素知らぬ顔だ。

スノーは「お店にお客さんが来たら、ベッドに入ってね」と注意したら一度で覚えた。

店にお客さんが来るとスッと台所の隅にあるロブのベッドに入って丸くなる。そんなスノーを階段の上からダルが見ている。

「オリビア、ダルが寝室から出てきたぞ」

「ほんとね。知らん顔してあげて。ここで名前を呼んだりすると、またベッドの下に行ってしまいそう。ダルはプライドが高そうだもの」

「猫も人間と同じでいろいろなんだな」

「そうね。個性が豊かみたいね」

ダルは階段の上から階下を見下ろす時間が少しずつ長くなっているが、下まで来る勇気はないらしい。

スノーが来て一週間が過ぎ、そして十日目のこと。

店のお客が帰り、オリビアたちの夕食も終わって、ララはヤギ小屋の上に戻った。

オリビアは台所で、乾燥させた薬草を刻んでいる。アーサーは店の壁の隙間風《すきまかぜ》が入ってくる場所を探しては、粘土を詰めて塞いでいた。

「冬は木が乾燥するから隙間ができるな」

「アーサー、見て」

オリビアが目で「あっち」と示すほうを見ると、ダルが尻尾をブラシのように膨らませ、背中を弓なりにして階段を下り、スノーに抗議している。

『ベッド　ボクの！』

『うん？』

『そこ　ボクのベッド　だっ！』

『おいで』

『ボクのベッド！』

『おいで』

『噛まない？』

『噛まない』

『いじめない？』

『いじめない』

『ホント?』

『ほんと』

ダルはスノーに対して斜めに構え、進んでは戻り、また近寄っては戻るを繰り返している。ロブのベッドで寝ていたスノーは落ち着いた様子でダルを見ている。長い尻尾をゆっくり動かしながら、ダルを待っているらしい。

やがてダルはスノーの鼻に自分の鼻をチョンとくっつけ、グリグリとスノーに頭をこすりつけた。

『おいで』

ダルがスノーの懐におずおずと入り込むと、スノーは目を細めてダルの頭を舐める。ダルは目を閉じて幸せそうな顔になった。

二匹がゴロゴロと喉を鳴らしている。それを見ているオリビアとアーサーは拍手をしたい気持ちだが、くつろいでいる猫たちを驚かせたくなくて二人でそっと両手を合わせるだけにした。

「よかったわ」

「よかったな」

『ボクのベッド　ない』

「うん? あっ、そうか。ロブのベッド、満員になっちゃったわねえ」

「ロブ、俺が明日、ロブのベッドを作ってやるぞ。今夜だけは我慢してくれるか？」
「キューン」『ボクのベッド　ない』
「ロブ、毛布を持ってきてあげるから。今夜だけは暖炉の前で寝てね」
『わかった』

翌日、大工仕事が好きなアーサーが、今までと同じサイズのロブのベッドを作り、オリビアが毛布を敷く。やれやれとロブが新しいベッドに丸くなると、すぐにダルが、続いてスノーが入ってくる。結局ロブが手足を縮こめて寝ることになってしまう。

「失敗したな。ひと回り大きいベッドを作るべきだった」

「そのようね。悪いけど、もう一度お願いしてもいい？」

「もちろんだ」

「あなたが優しい夫でよかった」

「こんなことぐらいで大げさだよ。小さな箱を作るくらい、お安いご用だ」

『ツガイ　仲良し』

ダルの声が聞こえて、オリビアが振り向くと、ダルがスノーにぴったりくっついたまま、顔だけこちらに向けてオリビアとアーサーを見ていた。

29　牛肉のスープと金色の鹿

また雪が降ってきた。マーレイ領は本格的な冬だ。

オリビアとララは、馬小屋の扉を陽が落ちる前に閉めるようになった。

夏場は開け放していた高い位置の窓も、春までは閉め切りになる。

馬小屋の周囲には、秋からずっと拾い集め続けた小枝を屋根の高さまでぐるりと積み上げる。

雪が積もったときに、馬小屋に冷たい風が吹き込むのを防いでくれるのだ。

マーレイ領の人々は、数か月続く冬の対策に余念がない。オリビアも家の裏庭に掘ってある深い穴に、野菜をたくさん保存している。


「ララ、薬師試験の勉強は進んでる？」

「はい！　毎日着々と頑張っています。それで、オリビアさんにご相談があるんですが」

「なあに？」

「私が薬師試験に合格してもしなくても、あと一年はここに住まわせていただけませんか？」

「私はララがいてくれたら嬉しいけど、コリンはなんて？　お付き合いしているコリンの意見も聞いておいたほうがいいんじゃない？」

ララが少し恥ずかしそうに、「それでしたら」と説明する。

「コリンもそれでいいと言っています。私もコリンも、まだ半人前ですから。ちゃんと二人で暮らしていけるようになるまでは、お互いの目標に向かって、今のまま頑張ろうってことになりました。それに私、オリビアさんにもっと料理を教わりたいです」

「料理ならいつでも教えるわ。ララがまだここにいてくれるなんて嬉しい！」

「私こそありがとうございます！」

「そう、いつかは二人で暮らすのね」

「はい！」

ララは両親の死後は苦労したものの、それまでは愛情を受けて育っているからだろう。人間を怖がることがない。オリビアは育ての親であるジェンキンズとマーガレットに出会うまでは人間が怖かった。安心できるのは嘘をつかない動物と植物だけだった自分の過去を思うと（よく頑張った）とその頃の自分を慰めたくなる。

そんな自分が偽《いつわ》りを口にしない祖父母と巡り会い、アーサーと出会った。そしてララとも出会えた。

「幸運なことね」

「え？　なんですか？　オリビアさん」

「ううん。なんでもないわ。独り言よ」

今日のスープは牛肉と冬野菜のスープ。

香草をたっぷり使って牛肉をマリネしておき、バターを使って野菜と牛肉を炒めた。月桂樹の葉、タイム、パセリの茎と一緒に煮込んでから最後に小麦粉のお団子を入れてある。

お客さんに出す直前に少しバターを載せると、香り豊かなスープになる。寒い冬には寒さから身体を守ってくれるこってりしたスープが喜ばれるのだ。

「ああ、本当にいい香りですねえ」

「いつか家庭を持ったら、月桂樹を育てるといいわ。鉢植えなら冬は家の中に入れればいいし。丈夫な木だから、家の中でも元気に育つ。パセリも丈夫だからたくさん育てて乾燥させておけば一年中使えるの」

「はい。月桂樹とパセリですね。覚えておきます」

そこまで笑顔だったララが、真面目な顔になって深々と頭を下げた。

「オリビアさんは私の心のお姉さんです。私になんの要求もしないで助けてくれて、優しくしてくれて。世の中にはこんな人がいるんだって、いつも思っています」

「ララ。私こそあなたには感謝しているのに」

「私、オリビアさんのお役に立ちたいです」

「十分だってば。今だって私がお店や動物たちのことを心配しないで出かけられるのは、ララのお陰だもの」

「もっとです。もっとお役に立ちたいです」

「ありがとう」

ララは心がまっすぐで、言葉と心がいつも同じだ。なかなかそんな人はいない。ララと出会えたことはオリビアにとって、喉が渇いているときに澄んだ水が湧《わ》く泉に出会ったような幸運だ。


昼。鼻や頬を赤くした客たちは、こってりしたスープにパンを浸しながら食べている。

「ああ、うまい。身体が温まるよ」

「まだ干し野菜は使ってないんだな」

「俺は干し野菜も好きだぞ」

「ジェンキンズは干し野菜の時期になると、『早く春が来ないかな』と繰り返していたな」

「そのたびにマーガレットに『贅沢を言うな』と叱られていたっけ」

「そうだった。懐かしい」

客たちの会話を聞きながら料理を運ぶオリビアが、我慢できずに思い出し笑いをしてしまう。祖父のジェンキンズは干し野菜を好まなかった。そして愚痴をこぼすたびに祖母に叱られていた。

オリビアは干し野菜の歯応えや甘みが好きだったので、祖母の話はいつも「オリビアは文句を言わずにスープを飲んでますよ」という言葉で締めくくられたものだ。

客たちは思い出話をして笑いながらスープとパンを食べて帰っていく。


客たちが帰った後の休憩時は、馬たちを運動させる。ララと二人で馬を歩かせ、少しでも雪を踏み潰すように心がける。街道の雪は踏んだ場所のほうが先に溶ける。

祖父は「雪を踏んでおくとそこから春が芽生える」と繰り返して、祖母に『あなたはそのセリフが好きねぇ』と微笑まれていた。祖父母は実に仲の良い夫婦だった。


その日の夜。

ふと目が覚めたオリビアは、懐かしい感情が流れ込んでいるのに気がついた。アーサーを起こさないよう気をつけてベッドから抜け出したが、傭兵生活が長かったアーサーはすぐに目を開けた。

「どうした」

「誰か来てる。たぶん、あの鹿」

「えっ。あの鹿、戻ってきたのか。俺も会いたい」

「一緒に行きましょうか」

二人は寝間着を脱ぎ、気が急きながら何枚も重ね着をして、階段を下りる。

深夜にドアベルの音を立てればララが心配するだろうと考えて、裏口から外に出た。冷え切った夜の空に、三日月が冴《さ》え冴《ざ》えと明るい。重ね着をしていてもブルブルと身体が震えてくる。

早く鹿に会いたい一心で、オリビアはザクザクと固くなった雪を踏みしめて森へと歩いていく。アーサーはそんな妻の背中を眺めながらすぐ後ろを歩く。


森に入ってしばらく歩くと、木々の間に金色の鹿が立っていた。月明かりを浴びている鹿は、本当に黄金《おうごん》でできているかのように見える。

何かを思うより先に身体が動いた。ザッザッザッザッと走って隣まで駆け寄ったものの、金色の鹿が人間のにおいを嫌がっていたことを思い出し、伸ばしかけた腕を止める。

「帰ってきたのね」

『見られた　猟師　たくさん　来た』

「そうだったの。また見つかってしまったのね」

『また　この森で　生きる』

「私は会えて嬉しいわ」

鹿がアーサーを見た。

『ツガイ』

「ええ。仲良く暮らしているわ」

スリッと鹿が首をオリビアにこすりつけた。

「いいの？　人間のにおいがついてしまうわよ」

『いい』

「私も触ってもいい？」

『いい』

オリビアはゆっくりと鹿の首を触ると、高い体温が伝わってくる。首と背中の次は角《つの》に触る。

別れたときは血が通《かよ》っている柔らかい皮膚に包まれていた角。あのときは触ると温かかったが、今は骨のように硬く冷たい。

「またこの森で暮らすの？」

『静か　森　暮らす』

「ずっと静かなままだといいわね」

それに返事はせず、金色の鹿はアーサーに歩み寄る。少し離れた場所に立っていたアーサーは、鹿が近づいてきたので驚いた。だが一歩も動かずに鹿と正面から向かい合っている。

『ツガイ　長く　仲良く　子　見せに　来い』

金色の鹿はそう言ってアーサーの目をじっと見つめてから森の奥へと入っていった。

アーサーは金色の鹿の迫力に圧倒されたまま、その後ろ姿を見送った。

「あの鹿が私以外に興味を示すなんて」

「何か言っていたんだろう？　なんて？」

「二人でいつまでも仲良く暮らしなさいって」

「それだけ？」

「子供が生まれたら見せにこい、って」

「そうか。俺たちに子供ができたら見てほしいな」

「ええ」

「うう、寒い。もう帰ろう」

「うん」

どちらからともなく手袋をした手を繋ぐ。手袋は、常連客であるジョシュアの妻から結婚祝いに贈られたものだ。上等な毛糸で編まれていて、二人とも大切に使っている。

オリビアの手袋は深い緑色の地に白で、アーサーは茶色の地に白の雪の模様が編み込まれている。


しばらく無言で歩いていると、前方の木の枝の間を猫ほどの大きさの影が動く。アーサーがピクッと反応した。飛んで移動している影は、大きさの割に全く羽音がしない。

「シロフクロウだわ」

「この森では初めて見た」

「ここには寒くならないと来ないから。もっと寒いところから冬越《ふゆご》しに来るの。寒いところが好きなシロフクロウだけど、もっと北の冬は、さすがに寒すぎるのかもね」

「ここが避寒地《ひかんち》ってこと？」

「そうみたい」

「マーレイの寒さを避けて姿を消す鳥がたくさんいるのに、ここの冬をちょうどいいと思う鳥もいるんだな」

「面白いわよね。私たちはずっとここにいるから気がつくけれど。こうして森に棲む動物たちの顔ぶれが変わると、季節が変わったなあって実感するわ」

『スープの森』が見えてきた。

「そうだ。今朝言われたんだけど、まだ当分はララが我が家にいてくれることになったの」

「そうか」

「嬉しいわ。でも一緒に暮らせば暮らすほど、別れが寂しくなるわね」

「ララがいなくなる頃には、我が家に赤ちゃんがいるかもしれないさ」

「うん」

「俺はオリビアがいてくれれば、それで幸せだけどな」

「ありがとう。私もよ」

家に着き、足元の雪をよく払い落としてから中に入る。

「冷えたな」

「ええ。でもアーサーは体温が高いから、すぐ温まるわよ」

「オリビアは足が冷えるから。俺に足をくっつけて温めればいいよ」

「湯たんぽなしで眠れるのはありがたいこと」

「そんなことなら、お安いご用だ」

階段を上っていると、背後の暗い台所の隅からダルの、『ツガイ　仲良し』というつぶやきが聞こえ、スノーの『ドア　開ける　寒い』というつぶやきも聞こえてくる。ロブは寝ぼけていて『走るの　タノシイ』とつぶやいている。


二匹の猫と一匹の大型犬は、アーサーが新たに作った大きな箱で体を寄せ合って眠っている。今は使われていない二つの箱も、春になったらそれぞれが自分のベッドとして使うことになるだろう。

オリビアはベッドに入り『冬の間にアーサーにセーターを編んであげよう』と思いながら眠りに落ちた。

30　薬湯

　オリビアが風邪をひいた。これは珍しいことだった。

『腹七分目でよく眠る。これが健康の秘訣《ひけつ》よ』

　祖母はよくそう言って、過食と睡眠不足を戒《いまし》めていた。それを忠実に守っていたオリビアは、病気で寝込んだことがほとんどなかったのだが……。


「オリビア、具合はどうだい？」

「喉が痛い、かな。でも、寝ていれば治ると思う」

「雪の中を往診に行ったからな」

「あれは仕方ないわ。養鶏場《ようけいじょう》のボビーさんは高齢だもの。ただの風邪だって命取りになる」

　熱で顔を赤くしたオリビアが、分厚い冬の掛け布団から顔だけを出してそう答える。アーサーは付き添いたがったが、「あなたに風邪がうつったら困るから」と言ってオリビアは断っていた。

「あなたはちゃんとフレディさんのお店に行ってくださいな」

「わかったよ。じゃあ、行ってくる。なるべく早く帰るから。大人しく寝ていてくれよ」

「ええ、そうします。行ってらっしゃい、アーサー」

布団から手だけを出して小さく振り、オリビアは再び目を閉じる。元気なふりを装《よそお》っていたが、一人になった途端に頭痛のひどさに呻《うめ》いてしまう。身体の節々も痛い。以前の流行り風邪に効果があったニガミイモの根っこも試《ため》したが、この風邪には効き目がなかった。

「死なない程度に病気を経験するのも勉強になる、とおばあさんは言っていたけれど、確かにね。まだ若い私でもこんなにつらいんだもの。ボビーさんはどれだけ苦しかったことかしら」


養鶏場のボビーは、風邪をひいても息子の仕事を手伝い、湿った咳が出るようになってから、オリビアに往診を頼んできた。

熱も高く、咳もひどかったから、診察しながら（この年齢で体力が持つかしら）と不安になったのを覚えている。

ボビーの往診後、数日たってからそっくり同じ湿った咳が出始めた。ボビーの風邪をもらったのだ、とすぐに気がついた。ボビーは治ったと連絡が来たが、オリビアはひどくなる一方だ。

店はララが切り盛りし、常連客たちは「オリビアが寝込むのは珍しい」「こじらせないといいのだが」と皆心配して帰っていった。

全く食欲が出ず、ララが頻繁《ひんぱん》に運んでくる白湯《さゆ》をひたすら飲み、無理やりパンがゆを口にした。だが、子供用の小さなスープ皿一杯を完食できない。しくしくと腹が痛み、息も苦しい。

夜になってアーサーが帰宅したが、その頃には、オリビアの熱が上がっていて、はぁはぁと苦しそうな息をするばかり。アーサーの問いかけにもまともに返事ができなかった。

（アーサーが何かを話しかけてるから、返事をしないと）と思うが、泥に沈み込んでいくように身体が重い。眠れないのにやたら眠い。

覗き込んでいるアーサーが、心配そうに自分を見ているので、右手を伸ばしてアーサーの頬にそっと触れた。

「つめ……たい」

「俺が冷たいんじゃない。オリビアがすごい熱なんだ」

アーサーの心が無防備になって、悲しみと不安が流れ込んでくる。オリビアの右手を両手で包み、アーサーはオリビアの熱い手を自分の額に当てて、何かをつぶやいている。

風邪が治るまでは、アーサーには隣の部屋で眠ってもらうように言ってある。なのになぜアーサーは夜更《よふ》けに自分の隣にいるのか、とぼうっとした頭で思う。

胸の奥でゼロゼロと音がして、呼吸が苦しくて、オリビアは横を向こうとした。

それをすぐに察したらしいアーサーが、軽々とオリビアを動かして横向きにし、背中をさすっている。そしてまた、何かを口の中でつぶやいていている。

（何を言っているの？）と思いながら眠りに落ちかけているオリビアの耳が、アーサーの言葉を拾う。

「父さん、母さん、リディ。助けてくれ。俺の寿命を削ってもいい。どうかオリビアを助けてくれ」

アーサーが繰り返し繰り返しつぶやいている言葉を理解して、オリビアの胸が塞がる。

家族を一人で看病していたアーサーの、少年時代の記憶は細切《こまぎ》れだ。短い記憶の前後が入れ替わっていたりする。

アーサーが絶望しながら家族の世話をし、料理らしい料理もできずに野菜を柔らかく煮たものに塩を振って食べさせたりしている。

「だい、じょう、ぶ」

「オリビア！　気がついたのか。喉は渇いていないか？　さすってほしいところはないか？」

「だい、じょう、ぶ」

自分を案じて眠ることもできず、かつての家族のように旅立ってしまうのではないかと恐れているアーサーに申し訳なくて、オリビアは両手を伸ばしてアーサーの顔を挟んだ。

「どうした？　何かしてほしいのか？」

ただただアーサーが愛《いと》しくて、オリビアは小さく頭を振ってまた目を閉じる。オリビアの熱はなかなか下がらず、いろいろな夢を見た。

猫が見てきた話を聞いている自分。

スズメが美味しい草の実を見つけた話を聞いている自分。

馬たちが『もっと走りたい』と言い合っている声に耳を傾ける自分。

動物たちはオリビアに優しく、ときには素っ気なかった。

人間の仲間に入れず、かといって動物たちの仲間にも入れない。どこにも居場所がないと思っていた子供時代を久々に夢で見た。

夜になると、仕事から帰ってきたアーサーが、何度も自分の額に唇で触れて「治れ。治れ。絶対に治れ」と呪文《じゅもん》を唱えるように繰り返す。

「だい、じょう、ぶ」

小さな声でそう答えるのだが、アーサーの悲しみが大きすぎて、圧倒されてしまう。

三日後、オリビアの身体は風邪を克服し始めた。

四日目には熱が下がり、節々の痛みも治まった。食べ物の味がわかるようになり、上半身を起こすこともできる。

五日目の午後、そろりそろりと階段を下りたオリビアは、祖母の書いた本を読んでいるララに声をかけた。

「ララ」

「オリビアさん！　起きて大丈夫なんですか？」

「たぶん。もう、峠は越したわ。ララ、ちょっとその本を貸してくれる？」

受け取って台所のかまどの前にイスを運んで座り、ページをめくる。

「何を探しているんですか？」

「滋養強壮の薬湯のレシピを探しているの。四十を過ぎたら飲むといいって言われてたのが、確かどこかに……」

「滋養強壮。私も知りたいです！」

「あ、あった。これだわ。ララ、試しに私のために、この薬湯を作ってくれる？」

「お任せください！」

ララはレシピを見ながら、二階の元オリビアの部屋に入る。乾燥させた薬草が大量に収めてある薬箪笥から必要なものを選び、台所に運んできた。

「この薬草を天秤《てんびん》で量りながら鍋に入れていけばいいんですよね？」

「うん。種類が多くてちょっと手間だけど」

「とんでもない。このくらい、なんてことありませんよ」

ロブはずっと尻尾をブンブン振りながらオリビアの膝に顎《あご》を乗せている。

スノーはひょいと膝に乗ってきて『久しぶり』とゴロゴロ喉を鳴らしている。

ダルは『いない　さみしい』と言いながらオリビアの足首を甘噛《あまが》みしていて、ちょっと痛い。

やがて鍋がグツグツいい始めると、三匹は『くさい』『すごく　くさい』『イヤな　ニオイ』と言って台所から店の暖炉の前へと避難してしまう。

「ごめんね。臭《くさ》いよね」

「犬と猫は敏感ですもんね。そろそろ書いてある通り二十分煎《せん》じましたけど　飲みますか？」

「飲むわ。私が寝込むとアーサーが気の毒なくらい悲しむから」

「わかります。アーサーさん、『この世の終わり』みたいな感じでしたもん。私、コリンにもあんなふうに悲しんでもらえるかしらって思いました」

「『この世の終わり』って。そう、アーサー、そんな感じだったのね。これ、今日から毎日飲む。そして風邪をひかないように気をつけるわ」

「そうしてください」

オリビアは口で呼吸しながら一気に薬湯を飲み干した。

「うう。不味《まず》い。だけど、祖父母はこれを朝晩飲んでいたおかげで長生きしたのかも」

「では私も味見を……うっ。苦い。しかも青臭い」

「うん、上手にできているわよ。祖母が飲んでいたのもこういう味だったわ」

「オリビアさん。そういえば、不思議なことがあったんです。オリビアさんが寝込んでいる間、毎朝のように庭の雪に、鹿の足跡が残っていたんですよ」

「鹿……」

それはあの金色の鹿ではないか、と思う。だが、さすがにララにもそれは言えない。

「毎日毎日、夜中に来ていたらしくて。足跡からすると、結構大きい鹿ですよ。なんですかね」

「何かしらね。でも、もう来ない気もするけど」

「どうしてですか？」

「なんとなく」


夕方、店に来た客たちは「このにおいはなんだい？」と言い、滋養強壮の薬湯だとララが説明すると、結構な数の人が飲みたがった。

「水筒に入れてくれよ。代金はいくらだい？　おや、そんなに安いのか。じゃあ、次に来たときも買うよ」

「これ、マーガレットとジェンキンズが飲んでいたやつだろう？　においに覚えがある」

「あの二人は神の庭に旅立つまで、ずっと元気だったからなあ。俺もああなりたいよ」

「瓶を持ってくるからさ、明日もその薬湯を売ってくれるかい？　かみさんにも飲ませたい」

ひどく不味いのだとララは力説したが、中高年の客たちは「よく効く薬湯なら味は気にしない」と言い、味見をさせても「買う」と言う。

スープとおかず、そして薬湯が好まれて、『スープの森』は客足が絶えない。

その日もスープと薬湯を売り切って、少し早めに店じまいをしたオリビアは、アーサーのためにセーターを編んでいた。

「ただいま、オリビア」

「お帰りなさい。夕飯、すぐに用意するわね」

「編み物？　そんな時間があったら横になってくれよ」

「大丈夫よ。もうすっかり調子はいいんだから」

「君は働きすぎだよ」

スープの鍋を温め直していたオリビアが振り返り、手元を覗き込んでいたアーサーの顔を両手で挟む。

「どうした？」

「私ね、祖父母が飲んでいた薬湯を、毎日飲んでいるの」

「どこか具合でも悪いのか？」

「ううん。滋養強壮の薬湯なの。あなたより長生きして、あなたを悲しませないようにしようと思って」

アーサーは自分を見上げているオリビアをぎゅっと抱きしめた。

「そうしてくれ。俺より必ず長く生きてくれ」

「ええ」

「もう、あんな心配をさせないでくれ」

「ええ、そうするわ」

「どれ、俺にもその薬湯を飲ませてくれよ」

「いいけど、食事の後のほうがいいかもよ」

「君が飲めるなら俺だって……うわっ、うわ、口の中全体に青臭さが。苦い。しかも渋い！」

「だから言ったのに。はい。蜂蜜を口に入れると少しはましになるの」

スプーンで蜂蜜を口に入れられ、もぐもぐと口を動かすアーサーは、食事を始めても「やっぱり後から飲むべきだった」と何度もぼやいた。


なぜかその不味い薬湯は人気が出て、客たちは『スープの森』に来るときには空き瓶を持ってくるようになった。

風邪からすっかり回復したオリビアが、大鍋で薬湯を煎じる。ザルで濾しながらじょうごを使って、客が持ち込んできた瓶に注ぐ。

アーサーは「病み上がりなのに仕事を増やしてる」と渋い顔をしたが、オリビアは「無理はしないから。それに、毎年乾燥させた薬草を使い切れずに処分していたけど、使い切れるのはいいことよ。夏を越したら、乾燥させていても薬効が落ちるし」と言って、毎日せっせと薬湯を作り続けた。

『スープの森の薬湯』は、常連客を中心によく売れて、オリビアは思いがけない収入を得た。

「ララ、これで何か買うといいわ」

「えっ。金貨？　いいんですか？」

「いいのよ。ララも作るのを手伝ったんだし」

「ありがとうございます！　取っておいて、いつかコリンと暮らすときに家具を買います」

「じゃあ、そうしてね。雪が解けたら、一緒に薬草を採りにいきましょう。いっぱい採ってきて、またいっぱい薬湯を作りましょうね」

「はい！」

『くさい』『イヤな　ニオイ』

スノーとダルは毎日文句を言っている。猫より鼻が利くロブは、最初から台所にいない。最近では薬湯を煎じ始めると店の隅に行ってしまう。寒い外に避難することもある。

その冬、店の常連客たちはいつになく調子がよく、風邪で命を落とす人も、長期間寝込む人もいなかった。「あの薬湯のおかげに違いない」と客たちは言い合い、「春になっても買いたい」という声が途切れない。

ヤギのピートとペペはなぜかあの薬湯のにおいが好きらしく、薬湯を煎じた後でヤギ小屋に行くと『メッ　いい　におい』『メッ　おいしい　におい』と言いながらクンクンしてくる。

オリビアは風邪が回復してから、毎朝一番に庭を調べている。だが一度も鹿の足跡は残っていなかった。

「やっぱりあの鹿が心配してきてくれていたのかな」

（どこにも居場所がないと思い込んでいた子供時代にも、もしかしたらこうして自分を心にかけてくれる動物がいたのかも）

オリビアは初めてそこに思い至った。

31　グレタの防寒着と鍋の客

十二月のマーレイ領は寒い。アーサーがせっせと薪割りをし、オリビアが暖炉でどんどん消費していく。

「できた！　これでグレタも温かく可愛く過ごせるわ」

オリビアが両手で持ち上げて満足そうに眺めているのは、ララの馬グレタに着せる防寒着だ。古着を四角く切って繋ぎ合わせたパッチワーク。中綿を薄く入れて、裏打ちもしてある。

「グレタの分まで、ありがとうございます。グレタは今のままでも十分なのに。でも、嬉しいです。本当にありがとうございます！」

「だって、アニーにはおしゃれで可愛い防寒着なのに、グレタだけ古い毛布なんだもの。グレタだって同じような可愛いのが欲しいと思っていたはずよ」

「そうですかねえ。馬にもそんな心がありますかねえ」

「あるわよ」

※・・・※・・・※

冬の初めのある日、ララと一緒に馬小屋の敷き藁を交換していたら、二頭の馬が「ブルルル」「ヒヒン」「ブルルルウー」「ハッ！」と鳴き交《か》わしている。

ララはただの音として聞いていたようだったが、オリビアには彼らの会話が聞こえている。

『ワタシ　服　可愛い　オリビア　作ってくれた』

『これ　あったかい　いらない　服』

アーサーの馬アニーが、ララの馬グレタにオリビアが作った防寒着を自慢していて、グレタは「毛布で十分温かい」と受け流している。

やらねばならないことが多いからうっかりしていた、とオリビアは反省した。

アニーには馬着と呼ばれる防寒着を手作りしているのに、グレタには古い毛布で代用していたことを申し訳なく思う。

(ララには一分でも多く勉強してもらいたいから、グレタの防寒着は私が縫おう)

ララが知れば「申し訳ないから今のままでいい」と言い出すと思い、オリビアはララが離れに帰ってから毎晩縫い続けた。パッチワーク用の布なら大きな箱に何箱分も溜めてある。

配色を考えながら箱の中の四角い布を手に取って眺める。

自分の子供時代の服の切れ端や、懐かしい祖父母の着古した服の切れ端は、その服を着ていた当時の場面や、それをパッチワーク用に刻むときに言われた言葉を思い出す。

華《はな》やかな赤い布は、マーガレットが隣国でルイーズの薬師として働いていた頃の上着の裏布だ。

『あなたに譲ろうと思っていたのに、気がついたら虫に食われていたの。残念だけど、これはパッチワーク用にするわね』と言っていたときのマーガレットは、悔しそうだった。

濃紺《のうこん》の布はジェンキンズが騎士だった頃の制服だ。

「若い頃の鍛錬着《たんれんぎ》なんだよ。袖口《そでぐち》と肘《ひじ》の部分は何度も補修してもらったけれど、係の女性に『ジェンキンズさん、これはもう寿命です』と言われてもらってきたんだ」

そのときの祖父はナイフを手に、キノコを刺して干すための串を手作りしていた。

「あら、これは……」

黄色い上等な布は、オリビアが十歳の誕生日の贈り物のサンドレス。祖母が丁寧に縫い上げた品だ。

「このドレスが小さくなったら取っておいて、あなたに女の子が生まれたら着せればいいわ」と言われて大切に着ていた。

なのに森の中で真っ青な蝶を追いかけて走ったら、いばらに引っ掛けた。あっと思ったときにはもう、サンドレスの前の部分が盛大に破れていた。

泣きながら帰ってきたオリビアに祖母は「泣かなくていい。繕《つくろ》ってあげるから、普段着としていっぱい着て、着られなくなったらパッチワークに回せばいいの。パッチワークにしたら、見るたびにこれを着ていたときの楽しかったことを思い出すわ」と慰めてくれた。

「本当ね。見るたびに懐かしい。あ、思い出に浸ってないで縫わなくちゃ。グレタは何色が似合うかしらね」

アニーは明るい茶色の馬なので緑色をベースに黄色や茶色、白を配置して縫ってある。

「グレタは黒に近い焦げ茶色だから、赤をベースにしようかしら」

燃えるような赤、深いえんじ色、黄色味を含んだ落ち葉のような赤。様々な赤と白を配色した防寒着は愛らしい色合いになった。

古いシーツを斜めに切ってバイアステープを作り、端を包みながら縫う。おなかの部分に長い紐《ひも》をつけて、左の脇腹で結んで留めるスタイルだ。

「さて、喜ぶかしら」

「絶対に喜びますよ。さっそく着せてやってもいいですか？」

「ええ。行きましょう」

『馬にそんな心がありますかね』と言っていたララが一番嬉しそうで微笑ましい。

ララと二人で馬小屋に向かう。当然のように猫のダルとスノー、黒犬ロブもくっついてくる。

「グレタ、オリビアさんがあなたに防寒着を作ってくれたわよ。着てみましょうね」

「ブルルル」『これ　温かいのに』
「別にいらないのに」みたいな言い方をしているが、オリビアの心に流れ込んでくるグレタの心はウキウキしている。なかなかに気位《きぐらい》の高いお姫様気質だ。

馬たちの足元で様子を見ていた野次馬三匹。
黒犬ロブは『ボク　いらないな』
スノーは『グレタ　ひねくれ』
ダルは『ボク　服　コワイ』
三匹三様のつぶやきを漏らしている。特にダルの『服　コワイ』がおかしくて、オリビアは唇を噛んで笑い出さないように気をつけた。ダルは繊細《せんさい》な心の持ち主なので、笑えば傷つけてしまいそうだ。
グレタに自分の防寒着を自慢していたアニーは一切知らんふりをしている。まるで人間の女の子みたいで、馬の感情が豊かなことに感心する。

「さあ、そろそろお客さんが来る時間ね」
「今日のスープ、私大好きなんですよ。甘くて優しい味で」
今日のスープのメインはカボチャだ。そろそろカボチャも早く消費しないと傷んでくる。干し二枚貝をぬるま湯で戻し、バターで炒めた玉ねぎと一緒にチキンスープと貝の戻し汁で煮込む。鶏《とり》ガラから作ったチキンスープは貝ともカボチャとも相性がいい。

崩れかけたカボチャと歯応えのある二枚貝。甘い玉ねぎ。バターの風味。『スープの森』では男女を問わずに人気だ。


カランとドアベルが鳴って、初めて見る男性が立っていた。なぜか手には鍋。

「いらっしゃいませ。空いているお席にどうぞ」

「あ、いいえ。食事に来たのではなく、スープを売っていただきたいと思ってやってきました。そういう売り方はしていませんか？」

「いいえ。していますよ。では今スープをお鍋に入れてきますね。何杯分でしょうか」

「ええと、そうですね。我が家は三人ですが、せっかくここまで来たので六杯分いただけますか」

「はい。ここに座ってお待ちください。ララ、お茶を出して差し上げて」

「はぁい」

ララが本日のお茶であるリンゴ茶を出し、オリビアは六杯分と言われたけれど七杯半ぐらいのスープを鍋に入れた。

(このままだと馬車でこぼれそう)

せっかく作ったスープを無駄にしたくなくて、蓋をした上から荒縄でぐるぐる巻きにして蓋を押さえつける。

「よし、これなら馬車が傾いても揺れてもザバッとはこぼれないわよね」

自分の仕事に満足して鍋を男性のテーブルまで運んだ。

「ああ、縛ってくれたんですね。ありがとうございます。それで、ちょっとお尋ねしたいんですが、お客さんたちが瓶に入れてもらっているのは、なんですか?」

「あれは滋養強壮の薬湯です。私の祖母は薬師だったのですが、その祖母が朝晩飲んで長生きだったものですから。それを知っているお客さんたちが売ってほしいとおっしゃるんです」

「滋養強壮ですか。いいですね。では私も薬湯を売ってもらいたいです。瓶がないんですが、それでも大丈夫ですか?」

「空き瓶ならあります。どうぞ。でも、すごく不味いんですけど」

「薬ですから味は期待しませんよ」

「そうですか。では食後に飲むことをお勧めします。青臭いし苦いので」

「わかりました。そうしましょう」

そう言って三十歳ぐらいの裕福そうな男性はスープと薬湯を買い求めて帰っていった。

「オリビアさん、マーローの別荘の人ですかね?」

そのときはそれで会話が終わり、男性のことは忘れてしまった。

「さあ。どうかしら」


だが、男性は三日後にまた鍋を持って来店した。

「いらっしゃいませ。スープですか？」

「ええ、そうなんですけど、今日は食事もしていきたいと思いまして」

「どうぞ。こちらのお席へ」

「この前のカボチャのスープ、美味しかったです。薬湯も効き目がありそうな味でした」

効き目がありそうな味、という気を遣った言い方に苦笑しながら、オリビアは今日もリンゴのお茶を出す。

「この前思ったんですけど、このお茶、リンゴの香りがしますね」

「ええ、リンゴの皮を干しておいて、茶葉に混ぜているんです」

「このお茶、サービスで出しているんですか？」

「はい。お食事をしてくださる方にはサービスですわ」

「おおらかだなあ」

（そうかしら）と思いながら曖昧に微笑みながら鍋を預かる。

「パンは何枚にしますか？」

「じゃあ、二枚で」

今日の日替わりは鴨肉《かもにく》のスープ。こんがりと焼き目をつけた鴨肉を、たっぷりの冬野菜と一緒に煮込んだスープだ。長ネギを多めに入れると、とろけた長ネギと鴨肉が絡んで、美味しくなるうえに身体の中から温まる。

付け合わせのおかずは一度凍らせたマスと干したセロリ、玉ねぎ、ニンジンのマリネ。今は熊が冬眠しているから、せっせとマスを釣りにいく。

マスは二階の窓の外で一晩凍らせて、翌日に解凍して料理する。マーガレットが「川魚は生で食べたらいけないよ。火を通すか凍らせるかしなさい」と繰り返し言っていたのを守っている。

鍋を持参した男性客は、満足した表情で昼食を食べ終えると、鍋に入れた鴨肉のスープと薬湯の分も支払って帰っていった。

32　ウィルソンの家の咳

鍋の男性は、翌朝のとても早い時間に『スープの森』にやってきた。

「どうかなさいましたか？」

慌てて台所から顔を出したオリビアが尋ねると、鍋の男性は焦った表情で中に入ってきた。

「朝早くからすみません。あの、あなたは薬師ですか？」

「はい。王城の薬師さんに薬師を名乗っていいと言われました」

「申し訳ない、うちに来てもらえませんか？　母の呼吸が苦しそうなんです。でも、マーローの医者は、もうお手上げだと言って眠り薬をくれるだけです。なんとか母の痛みを楽にしてやりたいんです。ああ、こんな説明じゃわかりませんよね」

「すぐに参ります。どう具合がお悪いのでしょうか、その状態によって持っていく薬草が変わりますから」

鍋の男性は必死に母親の状態を説明する。その間にスノーが尻尾をピンと立て、男性のズボンをクンクンしている。

『くさい』とひと言つぶやいて、自分のベッドに引き返していった。ロブはこういうときに出てきて客を驚かせてはいけないことを知っているので、尻尾を振りながら見ている。

ダルはベッドから出てこない。


「我が家は両親と僕の三人暮らしで、最近、転地療養を勧められた父のために引っ越してきたんです。父はこちらに来てから、かなりよくなったんですが、母が」

「今、具合が悪いのはお母様なんですよね？」

「はい。引っ越してしばらくしてから、母がときどき『胸が苦しい』と言うようになって、今朝はもう、『うまく呼吸ができない』と言って苦しんでいるんです。今は父が付き添っていますす」


聞いていたオリビアは二階に駆け上がる。

「オリビア、どうした」

「病人なの。マーローの別荘街まで行ってくるわ」

「じゃあ、診察が終わる頃に俺が迎えにいくよ」

マーローの街で働くアーサーはそれでは二往復することになってしまう。けれどアーサーの心配性を身に染みてわかっているオリビアは、「うん、お願いね」と笑顔で返事する。

鍋の男性はウィルソン・マッカンソーと名乗った。見たところ三十歳ぐらいか。明るい茶色の髪、温厚そうな茶色の瞳。痩せ気味の体格だ。

十キロの道は馬車を急がせればそれほど時間はかからない。

ウィルソンの家に着き、母親が寝ている部屋に案内されたオリビアは室内を見て目を見張る。壁と言う壁は書棚で埋め尽くされ、ぎっしりと本が収められている。そして書棚に入り切らない本が床が見えないほど山積みにされていて、人が通る場所がようやく細い通路のようになっている。

マッカンソー家の人にとってはそれが通常の景色だからだろう、「散らかっていて」とか「足元に気をつけて」という言葉もない。

ウィルソンの母親はベッドに起き上がり、苦しそうな呼吸をしている。

「オリビアと申します。診察に参りました」

「ありがとうございます」

『ああ、若い女の人なのね。大丈夫なのかしら』

五十代と思われる母親は、ゼイゼイと息をしながら、不安を心でつぶやいている。

「では、お胸を拝見します」

オリビアはカバンから筒形の聴診器を取り出し、自分の手のひらで温める。それから夫人の寝間着の前を開いて、そっと胸に当てた。湿った音はしないが、呼吸が速くて苦しそうだ。

「お胸に湿布を貼ります。最初は少しひんやりしますけれど、すぐに温まりますから。ご安心ください」

ウィルソンに頼んで熱いお湯を入れた瓶を用意してもらい、その間に軟膏《なんこう》をガーゼに塗り広げた。この軟膏は呼吸を楽にする薬草と蜜蝋《みつろう》を練り合わせたもので、オリーブオイルでゆるくしてある。同時に母親の心を拾うべく、力を解放した。


「ああ、いい匂い」

「いい匂いですよね。私はこれを手に塗ることもあるんです。乾いてひび割れそうなときに、よく効きますよ」

「まあ、そうなのね」

『いい匂いで心までスーッとするわね』

心の声を聞く限り、母親は湿布が気に入ったようだった。室内は暖炉の前に蓋をしていない大鍋が置かれていて、空気がムッとしている。

床に山積みされている本が邪魔で掃除が行き届いていないらしく、あちこちに埃《ほこり》が目立つ。

(これってもしかして)とさりげなく部屋中に目をやるオリビアは、この先どうしたものかと迷う。

以前、これと同じ症状の患者を見たとき、あれこれ試しても一向に呼吸が楽にならず、結果、壁紙の裏に生えている黒カビが原因とわかるまで、一年近くかかったことがあった。

結局壁紙を全部剥《は》がして壁を乾燥させてから壁紙を全部貼り直したのだが、その一家は結局その家を売って引っ越した。

その家の人が言うには「どうやっても壁紙の裏や本棚の裏に黒カビが生えてしまうから」ということだった。

（この本棚の裏側、黒カビが生えているんじゃないかな）と思ったが、どう切り出せばいいか。本の持ち主であるウィルソンの父親が、本を愛していることは聞かなくてもわかる。本が生きがいなのかもしれない。

しばらく考えたが、このままだとこのご婦人の体力がもたない気がする。

「先生、この湿布は効きますね。だいぶ息が楽になりました」

「そのようですね。奥様、今なら動けますか？」

「ええ、動けると思いますが」

「居間か他の部屋に移動していただきたいのですが。ここはちょっと空気がよくありません」

「空気が？」

「はい。できればお父様も」

ウィルソンが「では二階の客間に」と言い、母親はウィルソンが背負って運ぶことになった。

父親は本を片手に自分で階段を上る。具合は悪くはなさそうだ。

冷えた二階の客間を暖めるために暖炉に火が焚かれ、大人の胸には布を巻いた瓶。父親は本を読み始めた。

そのうち母親はうとうとと眠り始めた。

「ウィルソンさん、ちょっと」

ウィルソンを廊下に呼び出し、そのままさっきの本だらけの部屋に移動する。

「何か」

「あの部屋の壁紙の裏が心配です。一か所でいいので、壁紙を剥がして見せてもらえませんか？　カビが生えているかもしれません」

「はぁ。カビ、ですか」

「黒カビの量が多いと、お母様のように呼吸が苦しくなる人もいます。人によるんです。症状が出なくても、お父様にもいいことはありませんし」

まずベッドに一番近い本棚の前の本の山を移動し、本棚の本を全部出し、本の山を避けながら本棚を動かした。ウィルソンがその部分の壁紙をべりべりと剥がすと、オリビアの予想通り、壁紙の裏側は壁も壁紙も真っ黒だ。

「うわ」

「やっぱり」

ぶわっとカビ臭さが強くなる。オリビアは急いで窓を全部開けた。

「お母様の症状の原因はおそらくこの黒カビです。でも、本はお父様の生きがいなのでしょう？」

「ええ、おっしゃる通り。本に関してはもう、僕も母も諦めています」

「それなら本は本で寝室とは別にすべきです。それと、空気の入れ換えを頻繁にしないと、この部屋はもう、長時間いないほうがいいと思いますよ」

部屋から出て、ウィルソンが頭を下げる。

「原因がわかって安心しました。あなたはすごい薬師様ですね」

「過去に同じ症状の方がいらっしゃったので、わかったんです」

この後は「代金を」「いえ、結構です」「それはおかしい」というやり取りがあり、『この家だけお金をもらうのも面倒なことになる』と思ったオリビアは、折衷案《せっちゅうあん》を出した。

「ではこれからもスープと薬湯をお楽しみください。それで十分です」

「欲がないなあ。店の食事の値段も安いし」

「必要なだけは稼いでいますから、いいんです。薬草は森の恵みですし」

ウィルソンはオリビアを眩しそうな表情で見た後、はぁとため息をついた。

「僕に任せてもらえたら、もっと売り上げを伸ばすし、稼がせてあげられるんだが。あなたはそんなことを望んでいないのでしょうね」

「ええ。今がとても幸せなので、これ以上望むことはないんです」

オリビアがそう言うと、ウィルソンは心と口で同時に同じことを言う。

『余計なお節介《せっかい》だったか』

「そうですか。では余計なお節介はやめておきます。またスープを買いにいきます。毎日通うには少々距離があるのが残念だ」

「私の夫がマーローの街で働いているんです。フレディ薬草店です。もしお望みなら夫に持たせますが？」

「あそこなら三キロほどだね。じゃあ、お願いしてもいいだろうか。毎日三皿分。おかずもあるならおかずもお願いしたい。父と母もあなたの料理を気に入っているんです」

「はい、ありがとうございます。不要なときは遠慮せず断ってくださいね」


アーサーが迎えにきてくれて、オリビアはマッカンソー家を後にした。

「お迎えをありがとう、アーサー」

「これぐらいどうってことないさ。無事に終わったようだね？」

「ええ、あなたに料理を運ぶお願いができたけど、よかったかしら。フレディさんのお店まででいいんだけど」

「この一家の分かい？　もちろん大丈夫だよ」

「それならよかった。商売繁盛《しょうばいはんじょう》だわ」

朗《ほが》らかに笑うオリビアだったが、頭の中では全力で今日のスープのことを考えている。なぜなら、別れ際にウィルソンが心の中でこんな熱意を抱えているのを聞いてしまったからだ。

『結婚していなければ、僕がこの人と結婚したかったなあ。美人だし、料理は上手いし、優しい。とても残念だ。いや、夫とやらが嫌なやつなら、僕が……。よし、スープを受け取りながらその男の人となりを確認しよう』

アーサーはオリビアの心だけは聞き取れるのだが、オリビアほど心の声を聞き取ることに慣れていない。だからオリビアがよほど油断しない限り、彼女の心を聞くことができない。

『スープの森』に着くまでの間、アーサーは繰り返しスープの具や動物たちの可愛いエピソードを聞き取るはめになった。


家に戻ったオリビアを三匹が出迎える。オリビアはスノーを抱き上げて話しかけた。

「ただいま。スノー、あなた、ウィルソンさんのズボンが臭いって言ってたわね。カビのにおいがしたの？」

『イヤな　ニオイ　オリビアも　イヤな　ニオイ』

「あら。じゃあ、着替えなきゃ」

そう言いながらヒョイと足元に来たダルを抱き上げる。

『イヤよー　イヤよー』

イヤイヤ言う割には大人しく抱っこされるダル。最近は抱っこされても本気で嫌がることはなくなってきた。

「お待たせ、ロブ。ロブは盛大に尻尾を振りながら自分の順番を待っている。

「お待たせ、ロブ。どうしてあなたはそんなにいい子なのかしら」

わしゃわしゃとオリビアに体を撫で回され、鼻筋にキスをされてロブは大喜びだ。

『ダイスキ！　ダイスキ！』

「私もロブが大好きよ」

それを微笑ましく眺めていたアーサーは、ララが並べた朝食を食べている。うっかり『俺が大好きと言われる順番はなかなか来ないな』と思って聞き取られてしまったことに気づかない。

オリビアが食事中のアーサーを後ろから抱きしめて「はい、アーサーの順番よ」と言われてやっと、心が漏れていたことに気づいて赤面した。

『ツガイ　仲良し』

ダルのつぶやきが後ろから聞こえて、オリビアは「ふふっ」と笑ってしまった。

33　ロブとの出会い

暖炉の前で横になって眠っているロブを眺めながら、オリビアがロブとの出会いを思い出している。ロブの元の飼い主は、今はもう神の庭に旅立った常連客だ。

※・・・※・・・※

「こんにちは、アイザックさん。お久しぶりです」

「久しぶりだね、オリビア。今日は体調がいいからね。久しぶりに来てみたよ」

アイザックは七十五歳。マーローの街に住む元材木商だ。

引退して悠々自適《ゆうゆうじてき》の生活をしているのだが、体調がすぐれないというのは聞いていた。

「ジェンキンズを見送ったら、なんだか力が抜けてしまってね。風邪をこじらせた。もうすっかり回復したから心配はいらないよ」

「祖父とは長くお付き合いくださってましたものね」

「長生きすると、つらい別れがある。だが、これぱかりは仕方がない」

二人の会話を聞いているのは、アイザックに何十年も仕えている女性で、彼女自身も六十は軽く超えている。

アイザックと女性は穏やかに会話をしながらスープを楽しみ、帰り際、こんなことを言う。

「オリビア、大型犬を飼う気はないかね。乳離れを済ませた子犬がいるんだが」

「犬、ですか」

祖父母を相次いで見送って、まだ二年。動物の寿命が短いことを知っているだけに、情を移した犬に先立たれるのは……と首を振った。

「今はまだ。せっかくのお話なのに、ごめんなさい」

「ああ、いいよ。犬は人生の相棒だからね。迷いがあるうちはやめたほうがいい」

そう言ってアイザックは帰っていった。


そのアイザックから手紙が届いたのは翌月のこと。

あのとき店に一緒に来た女性が体調を崩して退職した、ということだった。

アイザックは引き留めたが、本人は『お役に立てないのにここにいるわけには』と辞退し、息子が迎えにきて連れていったらしい。

アイザックは気落ちしてしまい、マーローの屋敷を売り払って息子が商会を営んでいる王都に引っ越すことに決めたそうだ。

『この前話をした子犬は四匹のうち三匹はもらい手が決まったが、一匹だけ残っている。その最後の一匹を引き受けてもらえないか。水遊びが大好きで、よく運動する種類の犬なので、できれば森のほとりに住んでいるオリビアに飼ってもらえたら嬉しい。無理強《むりじ》いはしないが、考えてみてほしい』

手紙はそう締めくくられている。

オリビアは（さて困った）と思いながらも心は少し、子犬を引き取るほうに傾いている。この店と森が自分を癒やしてくれたことを思えば、活発そうな子犬にも王都の街よりここがいいだろう。

店が休みの日、てくてくと歩いてマーローの街に行き、アイザックの家を訪れると、アイザックは真っ黒な子犬と庭にいた。早い時期に妻を失い、その後の心の拠《よ》り所《どころ》だった女性もいなくなって、彼は急に老《ふ》け込んでいた。

「オリビア、この子なんだ」

真っ黒な子犬はオリビアに飛びつきたいのだろう。アイザックに首輪を握られているのも気にせず、突進しようとしている。首が締まってハヒハヒと苦しそうだ。

急いでその子を抱き上げて顔を覗き込む。

『だいすき！　だいすき！　だいすき！』

会って一分もしないのに、子犬は全身でオリビアに好意をぶつけてくる。

ずっしりと重く温かい子犬を抱いていたら、（この子を手放したくない）と思ってしまった。

「お引き受けします」

笑顔でそう返事をして、黒い子犬はオリビアの家族になった。

『スープの森』に向かうアイザックの家の馬車の中で、子犬はずっとはしゃいでいる。

「よろしくね」

『だいすき！　だいすき！』

オリビアは子犬にロブと名前を付け、その日は一日、一緒に遊んだり食べ物を与えたりして過ごした。

子犬はずっと元気だったが、その夜、もう寝ようという時間になってキューンキューンと鳴き始めた。

『さみしい　さみしい　おかあさん　おかあさん』

同じ部屋の隅に敷いた古い毛布の上で、子犬は母親を呼んでいる。

アイザックから渡された、育て方しつけ方が何枚にもわたってびっしりと書き綴られている紙からは、子犬への愛が伝わってくる。

その紙には最初の晩、寂しがるようなら声をかけて撫でてやってくれとある。

「お母さんと離れて寂しいね。今日からは私があなたのお母さんよ」

そう言いながら背中を撫でると、ロブが少し落ち着く。ロブを抱いてその重さと温かさを感じているとき、オリビアは気づいてしまった。

「私、この子に癒やされてる」

もらい手が見つからない子犬を助けたつもりが、自分が子犬に癒やされている。

祖父母がいない寂しさには慣れたと思っていた。なのに子犬を抱いていると、渇いた喉に冷たい水を流し込んでいるかのように心が潤《うるお》っていく。

「ロブ。今日からあなたは私とここで暮らすのよ。私があなたのお母さん。よろしくね。あなたはゆっくり成長して。そしてどうか、長生きしてね」

その日からロブは、オリビアの友人であり、家族であり、相棒となった。

※・・・※・・・※

ロブはたちまち成長して、つやつやと美しい成犬になり、森を楽しみ、川を楽しみ、オリビアの訓練を受けて、体重三十五キロの心強い相棒になった。

そしてあの大雨の日にアーサーが登場するまで、ロブはたった一匹でオリビアを癒やし続け支え続けてきた。

「ロブ、ゆっくり生きて。長生きしてね」

三歳になったロブにそっと話しかけると、ロブは眠ったまま小さく尻尾を振る。

その様子を隣で眺めているアーサーは、オリビアがロブを失う日を恐れているのを感じる。

(俺は長生きしよう。健康に気をつけて、オリビアを悲しませないようにしよう)

最近、『スープの森』で大人気の薬湯をカップに注ぎ、味わわないよう、一気に飲み干す。

「ああ、不味い。慣れない不味さだ」

「アーサーさんたら、飲むたびに同じことを言いますね」

「ララ、君は慣れたのかい?」

「慣れました。そういうものだと思って飲んでいます。おかげで調子がいいんですよ」

「君はまだ若いんだから、滋養強壮の薬湯なんて飲まなくても大丈夫だろう」

「いえ。コリンのために健康でいたいので」

「そうか」

「はいっ」


オリビアが台所に戻ってきた。

「今日は川に行って、氷を切り出そうと思うの」

「俺がやる」

「私もやるわ」

「いや、君は凍った川に落ちたら困る。君は氷を運ぶ係で」

「ええ？　毎年私が一人でやっていたんだから、大丈夫よ」

「じゃあ二人で切り出そう」

「そうしましょう」

「私も行きます！」


三人はロブを連れて川へ行き、まず大きな焚《た》き火《び》を焚いてから氷を切り出すことにした。

最初は氷の分厚い場所に祖父が特注した銛《もり》のような道具で穴を開け、そこからノコギリで氷を四角く切っていく。

アーサーがシャリシャリと氷を切り、オリビアとララが運ぶ。それを見ているロブの息が荒い。許可が出たら水に飛び込みたいのだ。

今日の分の氷を切り出し終えて、「いいわよ」とオリビアが声をかけると、ロブが川に飛び込む。狭い範囲で大はしゃぎして、その後ガタガタ震えるまでがコースだ。

オリビアとララは川から上がったロブを手早く拭いて火のそばで温める。

たっぷりの氷を洞窟《どうくつ》に運び終えて、三人と一匹で『スープの森』へと帰る。

その間もロブは『楽しかった！　楽しかった！』とはしゃいでいる。

店に戻り、人間は熱いリンゴのお茶と蜂蜜を塗ったパン。ロブには麦と鶏のごはん。

はしゃぎ疲れたロブは暖炉の前でいびきをかいて眠っている。留守番していたスノーとダルが、ロブにくっついて眠る。

『ロブ、外のにおい』

ダルがクンクンした後でつぶやいた。

そのダルが望まぬ大冒険をしてしまうのは、それからしばらく後の話だ。

34　ダル、お散歩の先で

もう今年も終わろうという十二月下旬。

午後の日差しの中、ダルが雪の積もった街道を歩いている。

普段はあまり家から離れないダルが、遠くまで来たのには理由がある。

『スープの森』の近くで野ウサギとキツネの足跡を見つけ、二つの足跡をたどりながら歩いていたら、いつの間にか遠くまで来てしまったのだ。

足跡からは逃げる野ウサギと諦めずに追跡するキツネの攻防が見えるようで、町育ちのダルはワクワクしていた。

ところが途中でウサギの足跡は姿を消し、濃い血のにおいで足跡の物語は突然途切れた。

『ボク　食べられちゃう』

そこでやっと、自分もキツネに食べられてしまうかも、と気がついたダルが急いで来た道を引き返していると、馬車が停まって声をかけられた。

「あれえ？　お前、あのときの猫じゃないか。久しぶりだなあ。お前、生きてたのか！　へえ、でかくなってる。そうかそうか、お前、こんな何もない場所で生き延びてたか」

『あれ？　この人間は……』

それはダルが遊んでいる間に荷馬車で去ってしまった行商人だ。

ダルは自分に食べ物をくれて、一か月ほど一緒に移動していた行商人を懐かしく思い出した。

「そうかそうか、生きていたか」

「なぁぁん」『ひさしぶり』

ダルは馬車から降りてきた男の足に、すりすりと頭をこすりつける。男はダルの頭や背中を撫でてくれる。それがまた嬉しくて、ダルは甘えてゴツンゴツンと男のすねに体ごと擦りつけた。

「はは、よしよし、利口だな。俺を覚えていたんだな。どれ」

男はダルを抱き上げた。

「まるで飼い猫みたいに毛艶がいいじゃないか。肉付きもいい。お前、よほど狩りが上手いんだな。よし、それならうちのネズミ退治で活躍してもらおうか」

そう言って男はダルを空いている木箱に入れ、上から蓋をし、蓋の上に他の荷物を載せた。

『え？　なんで？　イヤだ！　ボク　おうち　帰る！　帰る！　帰りたい！』

「ははは。そんなに怒るな。安心しろ。うちで飼ってやるさ」

馬車が動き出し、木箱の隙間から見える景色が流れていく。

ダルは必死に『たすけて！　スノー！　ロブ！　たすけて！』と叫ぶが、その声は遠すぎて届かず、オリビアの心にも届かない。

※・・・※・・・※

夕方の食事の時間、オリビアは帰ってこないダルを心配していた。

若いダルは食事を忘れたことなど、今まで一度もなかった。時計を読めるのかと思うほど正確に、食事の時間には食器の前に正座している子だ。

(森で遊ぶにしても、野の獣を恐れて深くは入り込まない子だったのに。どうしたのかしら)

客がいる間は探しにいけず、夜の七時を過ぎて閉店してから、本格的に探すことにした。

「ララ、ダルを探しにいってくるわ。アーサーが帰ってくる頃だから、あなたはここにいて」

「それなら私が探しにいきますよ」

「ううん。私が行きたいの。留守番をお願い」

(私ならダルの声が聞こえるもの)

「そうですか。わかりました。もう真っ暗ですから気をつけて」

オリビアは重ね着をした上から革のコートを着込んで店を出る。ランプの灯りが届く場所以外は、濃い暗闇だ。薄く積もった雪が音を吸い取るから、外はとても静かだ。

「おかしい。こんな寒くて暗い中を出歩いたりしない子だもの。何かあったんだわ。ロブ、ダルがどこに行ったか、探してほしいの」

『わかった！』

ロブは庭を嗅ぎながらグルグル回っていたが、ハッとした様子で街道に出る。そこからはまっすぐに南へと進んでいく。幸いなことに、ダルが姿を消してから、まだ雪が降っていない。

「雪が積もったらにおいが消えてしまう。早く見つけなきゃ」

小走りになってロブの後ろをついていく。野の小鳥にも尋ねたいが、もう小鳥は眠っている。

「ダールー！　出ておいで！　ダールー！　ごはんよー！」

ロブはどんどん進む。何度か止まってにおいを嗅いでいるときに、ランプを雪に近づけて気がついた。ウサギとキツネの足跡があった。そして猫の足跡も。

（まさか）

ダルと思われる猫の足跡は、ウサギとキツネの足跡の後からつけられているように見える。

「キツネが狩りに成功していたらダルは襲われないけど、ウサギを取り逃がしたところにダルがやってきたら？　ウサギよりよほど簡単に狩られてしまう」

ロブは早足で進み続け、もう家から四キロほどは離れている。

（臆病な子だと思っていたのに、こんなに遠くまで出歩いていたなんて）

悪い想像をして、胃がギュッと縮む。足を止めたロブが何かを嗅ぎ当てた様子。

「ワンッ！」『血のニオイ』

「うそ、やだ、やだ」

ロブが『ここです！』と示す場所にオイルランプを近づける。そこには茶色の毛がひと束抜け落ちている。ポツリと一滴、血も滴《したた》っていた。

オリビアは最悪の場面を想像しながら、かじかむ指で毛の束を摘み上げる。

「これは……違う、ダルの毛じゃない。これはウサギの毛だわ」

どうやらキツネは狩りに成功したようだ。

周囲を忙しく嗅いでいたロブは「クーン」『ダルのにおい　ない　もうない』と悲しい顔でオリビアを見上げる。

（ウサギを捕まえたなら、そこから猫を襲うことはないはず。他の獣に捕まったのだろうか。でも、他に獣の足跡は見当たらない。なんでこんな場所でにおいと足跡が途切れたんだろう）

その場所を中心に、道を外れて遠くまで探すが、ロブの鼻もオリビアの目も心も、ダルの痕《こん》跡《せき》を見つけることができない。

「どうしよう。ダル、どこに行ったんだろう」

「おおい！　オリビア！」

「アーサー！　来てくれたのね」

アーサーがアニーに乗ってやってきた。

「こんな真っ暗な中を、一人で出歩くのは危ない。心配したよ」

「アーサー、ダルの足跡が途中で消えているの。ふっつりと消えちゃってる」

「ここでか？」

「うん。ウサギとキツネの足跡をたどっていたらしいんだけど、ここで……」

「泣くな。大丈夫だ。俺が探すから、君はもう家に帰れ。風邪をひくぞ」

「ううん。ダルに何かあったのよ。途中でにおいも足跡も消えるってことは……。うう、泣いてる場合じゃないわ。探さなきゃ」

「落ち着いて。ダルの心は聞こえないのか？」

「何も。何も聞こえないの」


そこからまた一時間ほど探したが、ダルの気配はない。

「いったん帰ろう。これ以上は危険だ」

「ええ……そうね」

アニーに二人乗りして帰りながら、オリビアはアーサーに不安を吐き出す。

「突然足跡もにおいも消える理由、ひとつだけ思いつくわ。タカよ。タカに持ち去られたとしたら、もう助からない。あの爪で内臓まで切り裂かれて、助からないの。私、そういう動物を見たことがあるの」

「いや、ちょっと待ってくれ。いつだったか君、ダルの生《お》い立ちを見たって話してくれたよね。何人もの人に違う名前で呼ばれて、食べ物をもらってたって」

「ええ。人懐こい子だから、あちこちで可愛がられていたみたい」

「それで、最後は馬車に置き去りにされたって言ってなかったか？」

「あっ！」

アーサーを振り返ったオリビアの目に、希望が宿っている。

「もしかして、馬車の人間に愛想を振りまいて、連れていかれたってこともあるぞ」

「ある。あるわ。あの子ならある。イヤイヤ言う割に噛んだり引っかいたりしない子だし。そうだわ。馬車に乗ったのなら、においも足跡も消える！」

「そうだよ。俺はそっちだと思うが」

「そうか、そうね。ダルは私よりも馬車の人を気に入ったのかも」

「悪いほうに考えるなよ。まずは家に帰って食事にしよう」

「ええ。そうね。ダルはその人が気に入ったか、冒険の旅に出たくなったのかもしれないわね」

そうならばもう、どうしようもない。

王都と他の都市を繋ぐ街道は、様々な場所から馬車が来て、去っていく。馬車に乗ったのだとしたら、もう探しようがない。

そもそも、ダルが自分の意思で乗ったのだとしたら……。

しょんぼりした顔で戻ってきたオリビアに、スノーが近寄ってきた。

『ダルは？』

「見つからなかったわ。ごめんね、スノー」

『ふうん』

スノーは長いふさふさの尻尾を左右に振りながら、ゆっくりと自分のベッドに向かう。

『ここ　好きなら　帰ってくる』

「スノー」

『ここ　好きなら　帰ってくる』

スノーが繰り返す。

オリビアはララがいるのでスノーに近寄って頭を撫でるだけにしたが、確かにそうだ、と納得した。

ここが好きなら帰ってくる。もっといい場所を見つけたなら帰ってこない。『犬は飼い主に寄り添い、猫は家に執着する』と、ロブの元飼い主のアイザックが言っていた。

「そうね、スノー。猫は自由に外を歩く生き物だものね。ここが好きなら帰ってくるわよね」

（それはある程度の距離まで、の話でしょうけれど）

何百キロも離れてしまったら、猫の足ではもう帰ってくるのは無理だろう、と思う。

オリビアが椅子に座ってぼんやりしていると、普段はそれほどべたべたしないスノーが膝に乗ってきた。

『ワタシ　いる　泣かないで』

スノーはそう言って、オリビアの手を優しく舐めた。

35　ダル、家を目指す

木箱の中に閉じ込められたダルは、長いこと鳴き叫んでいた。

だが、やがて鳴くのをやめて考え始める。難しいことを考えるのは苦手なダルだが、あの家に帰りたい一心で考えている。

『鳴いても帰れない』

やっとそこに気がついた。そして、木箱の蓋を持ち上げようとした。背伸びをして蓋を持ち上げるけれど、力を抜けば蓋は元通り。

『おうち　帰りたい』

そう思いながら隙間から外を見る。馬車はどんどん進み、大好きなおうちはどんどん遠くなる。

『もうだめだ』と絶望して丸くなっていたら、外から蓋が開けられた。

「おい、ちび助、飯だぞ。パンしかないが、これで我慢してくれよ」

行商人の男がそう言いながらパンを木箱の中に差し入れようとした瞬間、ダルは跳び上がり、箱を飛び出して全力で走り出す。

「おい！　こら！　待て！」

『おうち　帰る！』

馬車とは逆方向に、全力で走る。家の方向は体が教えてくれる。ダルは街道を北へ北へと走り続けた。しかし長距離を走ることに慣れていない体は、すぐに息切れしてしまう。

男はもう追ってこない。それに安心して、ダルはぽてぽてと歩き続けている。

『おなかすいた　ニク　食べたい』

街道の脇には森があり、鳥やリス、ネズミの気配がする。仕方なくダルは森に入り、ネズミを狩って食べた。もう、森の中は暗い。街道もすぐに暗くなる。

『キツネ　怖い　オオカミ　怖い』

雪道で見つけたウサギの血を思い出して、ダルは森から離れ、また暗くなりつつある街道を歩き始めた。喉が渇いたので少しだけ雪を口に入れる。

『寒い』

雪が体の内側から熱を奪う。本能的に『雪をたくさん食べるのはよくない』と察知《さっち》して、喉の渇きを我慢しながら歩き続ける。

森の中を動く動物の気配に怯えながら北を目指す。夜の間、ずっと歩き続け、やがて疲れ果てて木の根元で休むことにした。

『ロブのベッド……』

暖かい部屋の、柔らかいベッドを恋しく思いながら朝まで丸まって眠っていると、馬車が停まる音。あの行商人の男か？　と飛び起きたダルは、降りてきた人物が懐かしいにおいをしていることに気づく。

『あれ？　同じにおい』

その男性からは、オリビアの二階の薬草を干している部屋と同じにおいが漂ってくる。ダルは懐かしいにおいに引き寄せられて、若い男に近寄った。

「おや。人家もない場所に猫とは珍しい。どうした？」

「なーん　なーん」『おなか空いた　疲れた』

「腹が減っているのか？　猫に与えるようなものがあったかなあ」

若い男は馬車に戻り、ごそごそと荷袋をかき回してパンを持ってきた。

「お前が食べてもよさそうなものは、パンしかないな。あとは塩辛い干し肉だ。パンで我慢してくれ」

「なあん　なん　なあん　なん」『食べる　食べる』

むっちゃむっちゃと小さな口でパンを食べているダルを、男がニコニコと眺めている。

「お前、片目なんだな。森の獣に食われては可哀想だ。どれ、私と一緒に行くかい？」

そう聞いてダルは慌ててパンを咥えて、男から距離を取る。

『いやだ　おうち帰る』

「なんだ、嫌か。そんなに尻尾を膨らませなくても、無理強いはしないよ。じゃあな、片目猫。オオカミに気をつけろよ」

馬車で去っていったのは王城勤めのユリス医師だ。

南部の地域を治めている公爵閣下《かっか》が重い風邪をひいたとの知らせを受け、陛下に「弟を頼む」との命を受けて派遣された。その治療をしてきた帰りである。

「さあて、この道沿いに『スープの森』があったな。ぜひ立ち寄ってオリビアさんの手料理をいただくことにしよう。君、馬車を出してくれたまえ。途中、食堂が街道の左手にあるから、そこに寄ってほしい」

ユリス医師は馬車に乗り、御者に出発を命じる。離れていく馬車を見ながら、ダルはパンを食べ終え、少しの雪を口に含んで、また歩き出した。

※・・・※・・・※

「お久しぶりです、ユリス医師。お元気そうで」

「ええ。不摂生《ふせっせい》な生活をしている割には元気です。王城の医師は皆運動不足で不健康ですよ。

忙しいですから」

「さあ、こちらの席にどうぞ」

「いや、できれば台所のあのテーブルがいいな」

「え？　それはどういう……」

「この席ならオリビアさんと話ができるじゃありませんか。あまりゆっくりできないんです」

「ああ、なるほど。ではどうぞ」

客はまだユリス医師と御者しかいないが、自分の分を作っている間も話がしたい、ということらしい。

ユリス医師は台所の家族用テーブルに座ると、「御者の分もお願いします」と言いながら、隅のほうに目をやる。置かれている箱ベッドにロブとスノーが丸まって寝ているのを見て、ユリスが笑顔になった。

「あれ？　犬だけじゃなくて猫もいるんですね」

「ええ、猫は本当は二匹いたんですけど、数日前に一匹いなくなってしまって。心配しているところです」

「それは心配ですね」

「ええ。心配であまり眠れませんでした。さあ、今日の日替わりスープです。ニンジンと玉ねぎとクルミのポタージュです」

「色が綺麗だ」

「味もいいですよ。そうそう、このララは来年の薬師試験を受ける予定です。合格したらどうぞご指導をよろしくお願いします」

「ララと申します。今は薬師試験の勉強中です」

陽気な笑顔でララがぺこりと頭を下げる。

そこからユリス医師と薬の話を始め、オリビアは本日の付け合わせの豚肉のローストを切り分けていた。だが、途中で手が止まる。

「ここで飼われている彼らは幸せだね。途中の街道で猫を見たよ。周囲に一軒も家がない場所だったから森で生きている猫だろうけど、片目がなくてね。森で生きるのは過酷なんだろうね」

「先生っ！　その猫、毛の色は？　白と黒に茶色が交じっていませんでしたか？」

「茶色は少しで、だいたいが白と黒だったような」

オリビアがユリスに詰め寄る。あまりに切羽詰まった様子に、ユリスは上半身を少し引いた。

「頭の部分はこう、真ん中分けの柄でしたか？」

「うん。そうだった。え？　もしかしていなくなった猫って片目の白黒まだらの？」

「それですっ！　どこです？　どこでダルを見たんですかっ？」

「四時間も前の話だから、五十キロは離れていたと思うが。この街道沿いだよ」

ララとオリビアが目を見合わせる。

「オリビアさん、私が行きますか？　オリビアさんが行きますか？」

「私が行くわ。ユリス先生、申し訳ございません。私、その子を探しにいって参ります」

「えっ」

「ララ、グレタを借りるわね」

「はい、どうぞ！」

「待って！　じゃあ僕も行くよ、僕の馬車で行こう。案内します」

「いいえ、馬車からでは見逃すかもしれないので、私は馬で行きます。申し訳ありません」

そう言われても、ユリスはこのまま食事をする気にはなれない。御者には「悪い、君はここで待っていてくれ。馬で今来た道を戻ってくる」と言って店を出る。

馬車を引いていた馬に鞍を置き、乗って出発する頃にはもう、オリビアの姿が遠い。

(やれやれ。なかなかオリビアさんとゆっくり話をする機会が来ないな)

巡り合わせの悪さにがっかりしつつ、馬を急がせてオリビアを追いかけ、隣に並んだところで声をかけた。

「オリビアさん、猫がいた場所まではまだまだですよ」

「ええ、それはわかっているんですけど、ダルがいなくなってからもう五日もたっていて。さぞかしおなかを空かせているだろうと思うと……」

何気なく左に並んでいるユリス医師を見たオリビアのエメラルド色の瞳が、潤んでキラッと陽の光を反射する。

ユリスはその瞳を見た瞬間、何かにグッと心臓を握られた。胸に痛みさえ感じたが、すぐに自分を窘《たしな》める。

(落ち着け、彼女は結婚しているんだぞ)

「あのまま無理にでも連れてくればよかったな。僕のにおいを嗅いでいたからパンを与えたんだけどね。抱き上げようとしたら嫌がられたんだ」

「まあ。あの子は人懐こいのに、怖い思いをしたのかしら」

オリビアは何を聞いても胸が詰まる。

(人間の我が子を思う母親は、こんな気持ちなのだろうか)と思いながら、道の両側を凝視《ぎょうし》する。絶対にダルを見逃したくない。

途中からユリスはオリビアに話しかけることを諦め、左側を見ながらダルを探すことに専念した。

『スープの森』を出発してから数時間。ユリスがダルを見かけた場所まで戻ってしまった。ユリスとオリビアは馬を止めて、辺りを探し始める。

「ダールー！　ダールー！　どこぉ？」

「おおい、片目猫、出てこい」

二人は声を張り上げるがダルは出てこない。

「ここで別れたから、今はもっとずっと店に近づいているのかもしれないよ。すれ違いになったのかな」

「ええ、引き返しながらもう一度探しましょう。あっ、でもユリスさんはお城に戻らなくてはなりませんよね。もう大丈夫です。せっかく店に来ていただいたのに、申し訳ありません」

「いいさ、僕も一緒に探すよ。上司には『途中で腹が痛くなって休んでいた』とでも言うさ」

医師なのにそんな理由でいいのかと思いつつ、二つの目より四つの目のほうが見つけやすいだろうと、ユリスの好意に甘えることにした。

しかし、日が暮れるまで探してもダルは見つからない。さすがにユリスを帰さなければと考えて、オリビアはユリスと連れ立って店に向かった。

※・・・※・・・※

その頃ダルは、キツネの背中に乗って運ばれていた。

『おうち　ボクの　おうち』

ご機嫌なダルを背中に乗せて森の中を進んでいるのは、雪の中で凍死しそうな人間の存在をオリビアに知らせたあのキツネだ。

『ここ　あたたかい』

お気楽なダルの感想を聞いて、ため息をつきつつキツネはダルを乗せて歩く。痩せてはいるが、ダルは三キロあり、背中に乗せて長い距離を進むのは少々しんどい。

キツネの縄張りは五十平方キロメートルほど。広い縄張りは他のキツネの縄張りと一部重複しつつ維持されている。

その日、縄張りの端まで狩りに出かけたキツネは、森の街道の境目で、嗅いだ覚えのあるにおいと『おなか　すいた　おうち　帰りたい』と嘆いている猫の声を聞きつけた。

『猫を狩れば、肉にありつける』

音を立てないよう、森の中から街道に向かうと、嗅ぎ慣れたにおいが強くなる。そのにおいはとびきり美味しい肉の記憶と結びついて思い出された。

『あの人間のにおい』

何種類もの薬草のにおいと人間の食べ物のにおいが混じった、複雑なにおい。キツネの心にオリビアの姿が浮かび上がる。

あの人間は食べ物をくれるが、それは何かと引き換えだ。

もう一度、猫を見る。猫の縄張りはそれほど広くない。あの店からこんなに離れた場所にいるということは、普通ではないとキツネは気づいた。

ている。


『猫を連れていくか』

猫を連れていけば、肉をもらえるかもしれない。

街道が見える場所まで進み、藪《やぶ》の中から猫を見ると、猫はゆっくり歩きながら繰り返し嘆いている。

森の中からキツネが姿を現すと、ダルは垂直にピョンと跳び上がった。体の側面をキツネに向けて背中を弓なりにし、背中の毛と尻尾の毛を逆立てている。

『くるな！　あっち　いけ！』

『食べない　おまえ　連れていく』

ダルは用心しながらもキツネの言葉に興味を示した。

『ボクの　おうち？』

『黒い　犬　一緒　人間のメス』

逆立てていた毛を倒したダルは、体がシュッと小さくなった。

『そこ！　一緒　行く！』

キツネの言葉を信じてすぐに近寄るダル。

自分を疑わずに近寄ってくるダルを見て、キツネは呆《あき》れる。キツネの子供たちは、ここまで愚かな行動はしなかった。

キツネはあらゆることを用心して生きるよう、子ギツネに教えながら育てた。

『きっとこの若い猫は、親猫に何も教わっていないのだろう』とキツネはダルを憐《あわ》れんだ。

『お前　愚《おろ》か』

『愚か？　何が？』

それには答えず、キツネが地面に伏した。

攻撃の意思がないことを示すと、ダルは疑うことなくキツネに近寄る。フンフンとキツネのにおいを嗅ぎ、スリッと顔をこすりつけた。

『愚かだ』とキツネは再び思う。

あのうまい肉がなければ、今この場で飛びかかって首の骨を噛み砕きたいところだ。だが、猫の肉よりずっとうまい肉を選ぶことにして、噛みつきたいのをグッと堪えた。

『愚か　猫　乗れ』

『うん！』

猫と一緒にノロノロ歩くより早かろうと、背中にダルを乗せ、キツネは森の中を早足で進む。

途中で街道を走るオリビアたちの馬とすれ違いになったことに、キツネもダルもオリビアも気づかない。

肝心のダルは、キツネの体温に温められ、一定のリズムで揺られているうちにウトウトし始める。

眠っているダルはキツネの背中からずり落ちそうになると目を覚まし、背中の真ん中にモゾモゾと戻り、また眠る。もう何日もまともに眠っていないから、ドロドロに眠いのだ。

ダルを背中に乗せたキツネが『スープの森』に着いたのは、夜の遅い時間だった。

『下りろ』

『あっ！』

ゴロンと地面に放り出されて目が覚め、辺りを見回すダル。

自分がどこにいるのか理解すると、ダルは猛烈な勢いで台所のドアにある犬猫用の小さなドアに突進し、家の中に吸い込まれていく。

キツネは空腹を抱えながらオリビアをじっと待っている。『腹が減った』と独り言を言っていると、すぐに店のドアが開き、オリビアが出てきた。

「ダルを助けてくれて、連れてきてくれて、ありがとう。お礼を持ってきたわ」

人間の言葉はわからないが、オリビアの心がとても幸せなのは伝わってくる。猫を連れてきたお礼をもらえるらしいこともわかる。

柔らかい肉がキツネに向かって放られた。伸び上がって空中で肉を咥えると、たちまち口の中にたっぷりの肉汁が流れ込んでくる。

万が一にも他の獣に奪われないよう、大急ぎで近くの茂みに移動した。前肢で肉を押さえ、鋭い歯で噛みついて引っ張ると、肉はやわやわと裂ける。

『ああ　うまい』

そこそこ大きな肉の塊を三回に分けて飲み込み、口の周りを舐める。脂も肉も、恍惚《こうこつ》となるほどうまい。

振り返ると、オリビアが立ってこちらを見ている。

キツネは素早く森の中へと姿を消した。あの人間のメスは安心できるが、あれのツガイは信用できない。あのオスは危険だと本能が騒ぐのだ。

『巣穴に帰ろう』

脂のうまさが口の中に残っている。キツネは幸せな気分で森の中を歩いた。


家の中では、ダルが夢中になってごはんを食べている。餌皿に顔を突っ込み、むっちゃむっちゃと音を立てて。それをララ、アーサー、ロブ、スノーが見守っている。

『うまー　ニク　うまー！』

玄関から戻ってきたオリビアが泣き笑いをしてダルを見る。スノーもロブも、ダルが入ってきたときは喜んで駆け寄ったが、すぐに距離を取った。

今も食事中のダルのにおいを嗅いではは鼻にシワを寄せる。

『ダル　イヤな　ニオイ』

『ダル　キツネの　ニオイ』

満腹して暖炉の前で横になったダルだったが、すぐにアーサーに抱えられ、嫌がってもがいたものの、ガッチリ押さえつけられてオリビアに洗われる。

『イヤー　イヤよー』

「だめ。ノミがついてるかもしれないもの。それに、キツネのにおいがついたままだと、ロブやスノーが一緒に寝てくれないわよ」

『それも　イヤー』

洗われ、拭かれ、暖炉の前で乾かされたダル。

『スノー　好き　ロブ　好き』

やっとスノーとロブに近寄ることを許されて、ダルは今度こそ温かく柔らかいベッドで眠り込んだ。

すぐに眠ってしまったダルの記憶を探り、オリビアはダルがどうやって帰ってきたのか、だいたいの事情を理解した。

夜、寝室でオリビアからダルとキツネの話を聞いて、アーサーが驚いている。

「君だけはキツネに信用されているってことか？」

「信用とは違うわね。便利な存在、かしら。報酬を期待してダルを背中に乗せてきたんじゃないかな」

「君が見ている世界は、まるでおとぎ話だな」

「私だって驚いてるわ。キツネが猫を背中に乗せて家まで送り届けるなんて。こんなこと、あるのねぇ」

「久しぶりにくつろいでいる君を見て、俺もやっと安眠できる」

アーサーの言葉が終わるか終わらないかのうちに、オリビアは眠りに落ちていた。

36　出会いと別れ

「ルイーズ様、今日の日替わりは干し野菜を使っております。問題はございませんか？」

「あるわけないわ。マーガレットは冬の間、干し野菜をたっぷり使っていたじゃないの。懐かしくて嬉しいわ」

　ルイーズが久しぶりに来店している。

　いつもはルイーズだけが入店して、従者や御者は馬車で待っている。だが、今日はお付きの女性も御者も護衛も一緒に入ってきた。

「さあ、あなたたちも今日は思う存分食べなさい。好きなだけお代わりしていいのよ」

「ありがとうございます、ルイーズ様」

　ルイーズの使用人たちはさすがに主から距離を置いた席に座ったが、遠慮する様子がない。店内に並んでいるたくさんの鉢植えや、吊り下げられたシダ類を興味深そうに眺めている。

『これで最後だわ。寂しいこと』

　台所に戻ろうとしたオリビアの心に、感傷的な心と一緒にルイーズの言葉が流れ込んできた。

（え？　最後って？）

振り返ろうとしたが、グッと我慢した。一行六人分を作るのだ。考え事をして失敗したくない。

「最後なら、なおさら美味しく食べてほしい。理由を尋ねるのは、自分の仕事を終えてから」

今日は鶏もも肉と干し野菜のスープ。大きめに切った鶏もも肉とたっぷりの干し野菜のスープは、あっさりした味付けだ。

だから付け合わせはこってりさせた。自分で釣り上げたマスのバター焼き。パンを粗くすりおろして作ったパン粉にたっぷりの乾燥バジルを混ぜ、バターで揚げ焼きしたものだ。

「このマスの料理、懐かしいわ。バジルの味が濃厚で、マスがいっそう美味しくなるわね」

ルイーズは喜び、料理を完食した。

食べ終わったのを見計らってお茶を運ぶ。

「ルイーズ様、今日は特別な日なのですか？」

「察しがいいわね。ここに来るのは今日で最後なの。私、アルシェ王国に戻るのよ」

笑顔でそう言われて、ルイーズの決意の固さを感じた。

「公爵様が亡くなって息子が爵位を継いでくれて以来、こうやって好きなように暮らしてきたけれど、さすがにお墓をここに置くわけにいかないもの。私はアルシェ王国の人間ですからね。そろそろ戻らなきゃ。それがアルシェ王国の民《たみ》に対する私の誠意なの」

「寂しくなります」

「私の代わりに、今後は別荘街の土地の所有者は王家になるの。土地を管理する人間がやってきます。このお店に来ることもあるでしょう」

何かとオリビアを気にかけてくれたルイーズは、祖母と二十年以上共に過ごしていた人だ。身内を失うようで、たまらなく寂しい。

「寂しいですけれど、ルイーズ様にはお立場がありますものね」

「ええ。私に残された最後の役目は『公爵夫妻は仲睦《なかむつ》まじくここで眠っている』と民に思ってもらうこと。嫌々帰るわけじゃないのよ。どこにいても楽しく暮らせるのが、私の特技だもの。アルシェ王国でも楽しく暮らそうと思っているわ。何よりも……」

そこで言葉を止めて、ルイーズはオリビアを見る。

「いつの日かマーガレットに再会したら『あなたが愛したあの子は、頼もしい夫と仲良く暮らしていたわよ』と、ここで見たことをたくさん話すつもりよ。お別れの記念にオリビア、これをあげるわ」

そう言ってルイーズはオリビアの手に、ひんやり冷たいものを握らせる。腕輪だ。

金の腕輪には深い青色の宝石がぐるりとはめ込まれている。

「これは……」

「ラピスラズリの腕輪よ」

「このような高価なものをいただくわけにはまいりません」

「いいえ。あなたがいてくれたから、マーローの暮らしが楽しかったの。ここに来ればマーガレットに会えるような、あの人が喜んでくれているような気がして」

いつも毅然《きぜん》としているルイーズの目が潤んでいるのに気づいて、オリビアも泣きそうになる。

「父が私のためにとマーガレットの帰国を許さず、ジェンキンズの辞職も許さず、愛し合う二人を二十四年間も離れ離れにさせたこと……私は逆らえない立場だったとはいえ、本当に申し訳なく思っていました。マーガレットは私がそう言うと、いつも笑って『気になさらないでください』と言ったけれど、それでも苦しかったわ」

祖父母の仲睦まじさを見て育ったオリビアは、何も言えずに聞いている。

「私の心苦しさ申し訳なさは、こんな腕輪ではとても贖《あがな》えないけれど、何かのときには役に立つでしょう。万が一お金が必要になったら、これを売りなさい。売るときは王都のこの店で」

ルイーズはそう言って、白い上等なカードもオリビアに渡す。

「売るだなんて。一生大切にします」

「オリビア。アーサーと仲良く、楽しく笑って生きるのよ」

ルイーズ・アルシェはそう言って優雅《ゆうが》に微笑み、店を去っていく。

「見送りは苦手」と言って、見送りはさせてもらえなかった。

夜に帰宅したアーサーは話を聞きながら腕輪をしばらく眺め、オリビアに返した。

「これは人に見せないほうがいい。俺は宝石のことは詳しくないが、これは間違いなく大変な価値があるよ。金も混じりけなしのようだし、ラピスラズリの色合いも、研磨の状態も、最上級のように見える。しまう場所も、考えたほうがいい」

「困ったわねえ。しまう場所といっても、引き出しぐらいしか思いつかないわ」

「俺がいい場所を考えるよ。そういう場所を作ったっていいし」

「じゃあ、お願いね」

『キラキラ』

「えっ？」

『キラキラ』

「スノー、キラキラが好きなの？」

『好き　ちがう』

スノーの心には闇賭博場に集まっている人々の中の、着飾った女性が思い浮かべられている。派手な身なりのその女性は、腕輪やネックレス、指輪をいつも身につけていたようだ。

『こんばんは、お姫様』

その女性はいつもそう言ってスノーを撫でてくれたらしい。

『この子を撫でると、運が向いてくるのよ』

とも言っている。

「腕輪をつけている女の人、スノーのお気に入りの人だったのね」

『うん』

スノーはその話に飽きたらしく、ロブにぐりぐりと頭をこすりつけてから丸くなって眠ってしまった。

※・・・※・・・※

ルイーズと別れた日からしばらく経ったある日、初めての客が入ってきた。

三十代後半の、身なりのいい男女は、二人とも店内の鉢植えの多さに驚いている。

「いらっしゃいませ。空いているお席にどうぞ」

「日替わりスープとパンを二枚。付け合わせもお願いします。妻も同じものを」

夫婦は窓際の席に腰を下ろし、窓の外を眺めている。

(料理の頼み方からして、誰かの紹介みたいね)

「オリビアさん、お金持ちそうな人ですね。別荘街の人ですかね？」

「ララ、ここに来てくださる方々は、全員が大切なお客様。対応はいつも通りにね？」

「はいっ」

ララが料理を運び、楽しげに話をしている。気難しい人ではなさそうだと、安心して料理に専念した。やがてララが食器を下げて台所に戻った。

「オリビアさん、あのご夫婦、やっぱり別荘街の方だそうですよ。とっても美味しいって褒めてくださいました」

「そう。よかったわ」

（ルイーズ様にはもう会えない。それは寂しいことだけど、こうして新たな出会いもあるわ。ルイーズ様に言われたように、楽しく笑って生きよう）

そう考えているオリビアの足元にスノーが顔を擦りつけてきた。反対側の足にはダルが。

『痛いの？』

『痛い？』

「少しだけ痛かったけど、あなたたちのおかげでもう治ったわ。ありがとう」

『大好き！　大好き！』

「ロブもありがとう。春になったらヤギミルクをお裾分けしてもらってみんなで飲みましょう」

ダルとスノーはきょとんとしているが、味を知っているロブは心が浮き立っている。

『ヤギミルク！　大好き！』

ロブがここに来たばかりの頃、ヤギミルクをお客さんに分けてもらって飲ませたことがある。

まだ覚えているとは、よほど気に入ったようだ。

今は一月の下旬。ヤギのペペのおなかが膨らんできている。春には子ヤギが生まれるだろう。

「別れの後には出会いがあるものね。子ヤギに出会えるのが楽しみだわ」

「そうです。新しい『こんにちは』が待ってます！」

書き下ろし番外編

お互い様

アーサーは誠実な男で、オリビアに隠し事をしたことがなかった。

なかった、という過去形なのには理由がある。最近、オリビアに対してささやかな秘密を持ってしまったのだ。

秘密のきっかけは、ブルーベリー酒だ。

常連客のジョシュアが食事に来たときに、プレゼントだと言って大きなガラス瓶に入ったブルーベリー酒を持ってきてくれた。

「夏に仕込んだのが飲み頃だ。うまいぞ」

「毎年ありがとうございます。楽しみだわ」

「オリビアにはいつも薬草を分けてもらっているんだ。これはほんのお返しさ」

「嬉しいです」

オリビアはジョシュアの家で作るブルーベリー酒が大好きだったので喜んで受け取った。


その夜アーサーが帰宅すると、すぐにブルーベリー酒の瓶を見せられた。

「これ、頂いたの。ジョシュアさんはブルーベリー酒作りの名人なのよ」

深い赤紫色の美しい酒には大粒のブルーベリーがたっぷり沈んでいる。アーサーは笑顔になった。

「ほう。ブルーベリー酒か。飲むのは初めてだよ。傭兵時代は麦で作られた安くて強い酒ばかり飲んでいた」

「あら。アーサーはお酒が好きだったの？　うちではほとんど飲まないわよね？」

「俺は酒が好きってわけじゃないんだ。つき合いで飲む程度だった。酒を飲みすぎると翌日に頭痛がするんだよ。君は？」

「私は……お酒で頭痛の経験はないかな」

「そうか。羨ましいな」

その夜、食事をしながら二人でブルーベリー酒を飲んだ。

オリビアは「ああ、美味しい。ジョシュアさんの奥さんが作るブルーベリー酒は、いくらでも飲める」と言って、瓶の半分ほどを飲んだ。

それだけ飲んでもほんのり顔が赤くなる程度だったので、アーサーは「オリビアは飲んでも酔わないんだな」と思って見ていた。


夕食の後片付けを二人で終わらせ、お湯で全身を清めてからベッドに入った。

「今日は野菜と鶏のスープが上出来だったし、お店も繁盛したわ。美味しいブルーベリー酒も飲めたし、いいことばかりね！」

「そうか。よかったな」

アーサーはそこでオリビアがいつもよりよくしゃべっていることに気がついた。

（陽気だな。少しは酔ったのか）

そう思って、眠りかけたときだ。アーサーの心にオリビアの心が流れ込んできた。ロブとオリビアが人のいない店で会話している場面だ。

『ハリネズミ、野菜　食べた』

「あら。私の畑の野菜を？」

『うん　ボク　吠えた』

「ありがとう。ロブは本当にいい子ね」

オリビアがロブの丸い頭を撫で、ロブは尻尾をブンブン振っている。

（楽しかった記憶の夢か）

微笑ましい気分になったアーサーが眠ろうとしたところで、今度はララの姿が流れ込んできた。

ララの夢を見始めたらしい。ララに向かってオリビアが語りかけている。

「私がもっと早くあなたに出会えていたら、そんな思いは絶対にさせなかったのに。私が引き取ってここで守って育てたのに」

そう言って号泣し始めたからアーサーは驚いた。

ララが賃金をもらえない使用人のような扱いを受けていたことも、オリビアがそれに憤慨したことも聞いていた。だが、オリビアが号泣したなんて話は聞いていない。

上半身を起こして妻の顔を覗き込んだ。オリビアの目じりから涙が伝わり落ちている。

「ああ、そういうことか」

現実のオリビアは激しい感情を露わにしない。もともとそういう性格なのか、ここまで生きてくる中でそういう生き方を身につけたのかはわからない。大喜び、激怒、大泣きなど、アーサーは彼女のそんな姿を見たことがない。

「夢の中の君は、感情を抑えないんだね」

アーサーの胸に優しい気持ちと労りの気持ちがひたひたと満ちてくる。眠っているオリビアを起こさないように、そっと頭を撫でた。何度も、何度も。そして囁いた。

「俺の前ではもっと感情を出してもいいんだよ」

その後は妻への愛しい気持ちに浸りながら眠った。


翌朝、先に目が覚めたアーサーはオリビアの寝顔を眺めていた。

オリビアはいつもの時間にシャキッと目覚めると「おはよう、アーサー」とご機嫌で起き上がった。

「おはよう。頭痛はなさそうだね」

「ええ、ないわ。よく眠ったから疲れも取れて快調よ。さ、今日も元気に働きますか」

そう言ってベッドを出ると、一階へと階段を下りていった。

アーサーはしばらく考え込んだ。

「今までは俺のほうが先に眠って後から起きることがほとんどだった。だから気づかなかったけれど、オリビアはいつもあんなくっきりした夢を見ているのだろうか」

そして小さく頭を振った。

「いや、だめだろう。勝手にオリビアの夢を覗くなんて。品のない行いだ」

いったんはそこでオリビアの夢のことは意識から振り払った。


フレディ薬草店で一日働いて帰宅すると、オリビアとララが楽しそうに笑い合っている。

「ただいま。二人ともご機嫌だな」

「お帰りなさい、アーサー。今日、お客さんに蜂蜜をいただいたの。どうやって食べようか、ララと相談していたところよ」

「そうか」

微笑ましい会話にほっこりして、夕食を食べた。その日もオリビアは先に眠った。

「今夜は俺もさっさと眠ろう」

そう思って目を閉じたら、オリビアが年配の女性としゃべっている様子が流れてきた。

「この人は……マーガレットだろうか」

目を開けて隣を見ると、オリビアは夢を見ながら微笑んでいる。

「おばあさん、薬草をたくさん摘んできたわ」

「オリビアは目がいいね。薬草を見つけるいい目の持ち主だわ」

褒められたオリビアが嬉しそうに笑っている。

オリビアの夢はすぐに年配の男性に変わった。

「オリビア、釣りに行くぞ。今日はどっちがたくさん釣れるか競争だ」

「釣りに行くの？　嬉しい。釣り勝負なら負けないわよ」

今度はジェンキンズだと思われる。白髪の細身の男性が優しげな表情でオリビアを見ている。

(俺も会いたかったなあ。この夫婦と話がしたかった)

そう思ってオリビアの夢を堪能していると、川での場面になった。涼しい川風。キラキラ光る水面。美しい景色だ。

木陰から釣りをしているオリビアとジェンキンズは次々と川魚を釣り上げている。そのたびにオリビアとジェンキンズが笑っている。

金色の鹿と森の中を歩いたり川で水遊びする夢もあった。

「オリビアが見る夢は、現実にあったことがほとんどなのかな」

アーサーにとって、オリビアの夢は宝石のように美しい。だが、やはり後ろめたい。

「いや、どんなにいい夢であっても、勝手にオリビアの夢を覗き見するのはやはりだめだ」

生真面目なアーサーは翌朝、正直にオリビアに夢の話をした。

「すまない。俺は君の夢を見てしまった。それも二日にわたって」

「あらそうなの？　私、どんな夢を見ていたのかしら？」

オリビアは驚かず、嫌そうな顔もしない。アーサーは正直に夢の内容を話した。

「全部実際にあったことばかりだわ。懐かしい。私はそういう夢を見ていたのね」

「怒らないのか？」

「怒らないわよ。だってあなたは流れ出した私の夢を受け取っただけだもの」

「君の夢はいい夢ばかりだった。だからつい、君を起こさずにそのまま夢を覗いてしまった。悪かった」

「お互い様だから気にしないでいいのよ。むしろ起こさないでくれて助かったわ。夢を見るたびに起こされていたら、寝不足になってしまうわよ」

そう答えるオリビアが苦笑している。

「お互い様って？……えっ？　まさか俺の夢も流れ出していたの？」

「ええ。今まで言わなくてごめんなさい」

一気にアーサーの心臓の動きが速くなる。

（俺はどんな夢を？　夢なんて全く覚えていないな。それに夢だからどんな夢でもおかしくはないぞ。オリビアを傷つけるような夢じゃないだろうな？）

アーサーはすっかり動揺して、考えていることがダダ漏れなことに気づいていない。そんなアーサーが可愛くて、オリビアはクスッと笑った。


「大丈夫よ、アーサー。そんなに心配するような夢は見ていないわ」

「ええと、オリビア？　俺がどんな夢を見てるのか聞いてもいいかな」

「もちろんよ。傭兵仲間と焚き火を囲んで肉を焼いて食べている夢とか」

「ああ、うん。それはよくやっていた」

「傭兵仲間と腕相撲をして一番になった夢とか」

「それも実際にあったことだ。俺、その夢を見ながら笑っていたんじゃないか？」

「そうね。楽しそうな顔だったわ」


少し間を開けてオリビアが言葉を続ける。


「それから、貴族一家の護衛をしていて、美しいご令嬢に言い寄られて困っている夢とか」

「えっ！　あっ、うん。そんなこともあったかな。でも、俺は一切何も……」

「ええ。ご令嬢に言い寄られても『仕事中ですので』とつれない態度だったけれど、心の中では『美人だなあ』と思っていたわね」

「あっ……」

オリビアは知らない人に向けるような作り笑顔で「いいの。気にしていないわ」と言う。

「いや、気にしているじゃないか。それ夢だから俺にはどうしようも……」

「そうね。夢だから仕方ないわよ。アーサーが女性にもてるのは仕方ないし、美人に見とれてしまうのも仕方ないこと」

「オリビア。勘弁してくれ。だいたいその仕事は十年くらい前の話だし、相手の顔も忘れているんだ」

オリビアが笑いだした。

「ごめんなさい。本当に怒っていないの。ちょっとからかっただけよ」

「そうか……よかった」

「私ね、子供の頃から何度も他の人の夢を見たことがある。今はもう、何を見ても驚かないわ。人間はなんにでも慣れる生き物だから」

アーサーがそっとオリビアの手を取った。

「誰かの怖い夢をうっかり見てしまうこともあったんだろうね」

「ええ。でも今はあなたがいるから。今はね、あなたのおかげで昔のように人間が怖くないの」

またひとつ、アーサーはオリビアの秘密を知った。

「君が強いのは、そんな経験を乗り越えたからなんだな」

「そうね。そうかもしれない。さあ、もう起きて働かなくては」

オリビアは穏やかな笑顔でそう言うと、台所へと向かった。

あとがき

こんにちは、守雨です。『スープの森』二巻をお手に取っていただき、まことにありがとうございます。

『スープの森』は定点カメラを森のほとりに置いたかのように、基本となる舞台はほとんど変わりません。カメラは森のほとりに住むオリビアを追いかけ、記録します。

人と出会い、別れ、オリビアは動物たちと共に森のほとりでスープを作り続けます。

森の動物たちは、あるときはオリビアを頼り、あるときは利用し、したたかに生きています。自然が主役の世界で、生きることと命を次へと繋げることに専念している動物たち。

オリビアはそんな動物たちを尊重し、一定の距離を取りながら、彼らの世界と人間の世界の両方に身を置いて生きる女性です。

今回、カメラが映す世界に人間を恐れないララが登場します。

ララは人間の心の醜さをぶつけられて育っていながら、人間への恐怖心をほとんど持っていません。ララの心はいつも外に向かって開かれています。そんな明るく強いララと関わり、オリビアはまた他人とのかかわり方を見直します。

本編でオリビアは人間側の世界を広げていくのですが、これまでのように他の人の心を一方的に読むのではなく、触れ合うことで理解するところが大きな変化です。

さらに、王城の薬師と同等であると認定されたことが追い風となります。オリビアの人間側の世界に、新しい扉がひとつ開いたのです。扉の向こう側がどんな世界へと続いているのか。本編のお話にご期待ください。

『スープの森』は人と触れ合い、人間として成長していくオリビアの物語です。

季節が移り変わり、森の動物や『スープの森』に出入りする顔ぶれが変わっても、定点カメラが記録し続けるのは、オリビアの心の動きと成長です。

今回はオウム、金色の鹿、ウサギ、コマドリ、猫のダルとスノー、馬のアニーとグレタ、キツネが登場します。動物たちの心の声を書くのはとても楽しいです。

純粋かつ強かな動物たちが本編を盛り上げてくれています。

『スープの森』は、大人の心を癒やす、大人のための童話です。

むに先生の美しいイラストと共に、森のほとりで繰り広げられる人間と動物たちのお話を、ゆっくりお楽しみください。

二〇二三年十月吉日　守雨

守雨好評既刊

賠償金代わりに嫁がされた
敵国で待っていたのは
夫となる将軍の
拒否と冷遇だった

商才を隠し持つ令嬢と
“野蛮な戦闘狂”将軍の
誤解と取引から始まる恋物語

小国の侯爵令嬢は
敵国にて覚醒する（上・下）

著：守雨　　イラスト：藤ヶ咲

ベルティーヌは豊かな小国の宰相の娘として育った侯爵令嬢。しかし結婚を目前に控えたある日、戦争の賠償金の一部として戦勝国の代表・セシリオに嫁げと王命が下る。絶望と諦めを抱えて海を越えたベルティーヌだが、到着した屋敷にセシリオは不在で、使用人達からは屈辱的な扱いを受ける。「親も身分も頼れない。この国で生きて力をつけてやる」そう覚悟した彼女は屋敷を飛び出し、孤立無援の敵国で生きるための道を切り拓いていく——。

コミカライズ
まもなく連載
スタート！

漫画
西野まほろ

PASH! ブックス 新刊情報

有能貧乏令嬢と国最強の神獣騎士の
契約結婚から始まるマリーアジュ・ラブ♥

酔っ払い令嬢が英雄と知らず求婚した結果
〜最強の神獣騎士から溺愛がはじまりました!?〜

著：長月おと　イラスト：中條由良

魔法局技術課で仕事漬けの毎日を送る貧乏令嬢・ヴィエラに突如降ってきた、婿探しのミッション。婚活のため夜会へ出向いたものの思うようにいかず、ヤケ酒に走ってしまう。酔っ払った勢いで近くにいた騎士・ルカーシュに契約結婚を持ちかけると、まさかの承諾！しかし、実はルカーシュは神獣騎士団の団長で、国の英雄だった!? さらに、契約婚なのに「……君を逃すつもりはない」ってどういうこと??

恋に疎い学者肌令嬢×策士でウブな不器用上司の
ピュアがくすぶる研究室（ラボ）・ロマンス

虐げられた秀才令嬢と隣国の腹黒研究者様の甘やかな薬草実験室

著：琴乃葉　イラスト：さんど

ジルギスタ国の子爵令嬢であるライラは、着飾ることもせず連日研究に打ち込む秀才令嬢。しかし研究の成果は婚約者と妹に取り上げられ、「雑用係」と罵られる日々を送っていた。挙句の果てに、褒賞を受けるはずの夜会で婚約破棄を言い渡される。そんな時、研究がライラの成果であることを見抜いた隣国の侯爵令息・アシュレンが彼女をスカウト!?　上司と部下として研究をするうちに、二人の関係は少しずつ甘やかなものに変わって——

好評発売中！

毎月
第1金曜日
発売☆

全然成りすませてない転生令嬢の
ズレ怖コメディときどきラブ!?

元暗殺者、転生して貴族の令嬢になりました。①〜②

著：音無砂月　　イラスト：みれあ

任務に失敗した暗殺者が転生したのは公爵令嬢のセレナ。「私は元暗殺者。なりすますなんて簡単だ」そう思っていたセレナだが、頭がお花畑な母親や、彼女を敵視する義妹などに日々いら立ち、生きづらさを感じていた。周囲からの嫌がらせを痛烈にかわしながらも、その冷徹さゆえに孤立していくセレナ。そしてある日、義妹が第二王子と婚約することを知り、ついに家出を決意する。しかしそこに第一王子のエヴァンがある契約を持ちかけてきて——!?

勘違い妄想令嬢×腹黒策略家男子
すれ違い暴走系ラブコメディ

軍人令嬢は年下幼馴染♂が可愛すぎて今日も瀕死です！

著：荒瀬ヤヒロ　イラスト：黒裄

武勇を誇るスフィノーラ侯爵家に生まれた令嬢テオジェンナは、高潔かつ剛健な男装の麗人。しかし彼女には致命的な弱点が。「あーっ!!　可愛いいいいぃぃいっつ!!私の小石ちゃんんんっ!!!」幼馴染である侯爵令息・ルクリュスの可愛さに耐えられず、日々絶叫し悶え苦しんでいるのである。彼の幸せのために自分の想いを押し殺そうとするテオジェンナだが、実は腹黒策略家であるルクリュスの望みは、彼女を悶え死なせずに婚約することで——!?

PASH UP!
URL https://pash-up.jp/
Twitter @pash__up

ダンジョンコア食ってみた★
殺されたらゾンビになったので、
進化しまくって無双しようと思います
幸運ピエロ
東西

宮前葵
ののまろ
貧乏騎士に嫁入りしたはずが!?
vol.1
野人令嬢は
皇太子妃になっても熊を狩りたい

この本を読んでのご意見・ご感想・ファンレターをお待ちしております。
＜宛先＞〒 104-8357　東京都中央区京橋 3-5-7
（株）主婦と生活社　PASH! ブックス編集部
「守雨先生」係
※本書は「小説家になろう」（https://syosetu.com）に掲載されていたものを、改稿のうえ書籍化したものです。
※この作品はフィクションであり、実在の人物・団体・法律・事件などとは一切関係ありません。

PB
PASH! ブックス

スープの森 〜動物と会話するオリビアと元傭兵アーサーの物語〜２

2023年11月12日　1刷発行

著　者　守雨
イラスト　むに
編集人　山口純平
発行人　倉次辰男
発行所　株式会社主婦と生活社
〒 104-8357　東京都中央区京橋 3-5-7
03-3563-5315（編集）
03-3563-5121（販売）
03-3563-5125（生産）
ホームページ　https://www.shufu.co.jp

製版所　株式会社明昌堂
印刷所　大日本印刷株式会社
製本所　株式会社若林製本工場
デザイン　ナルティス（粟村佳苗）
編集　堺香織

　ISBN978-4-391-15938-7